ヴィラン伯爵はこの結婚をあきらめない

Aion

Aion

ILLUSTRATION みずかねりょう

CONTENTS

逃げることに必死すぎて、どこをどう走ったのか覚えていない。

オペラ座の回廊の先には、出口があると信じていたのに、何を間違ったのか、気がつくと屋上にたどり着いていた。

がらんと開けた屋根の上。呆然と見上げた先には、夜空を背景にして、王都の象徴のひとつであるオペラ座の丸屋根が、迫り来る近さで佇（たたず）んでいる。

眼下には眩（まばゆ）い夜景が広がり、どこかの教会の鐘の音が、空気を重く震わせていた。

いくら恐怖に駆られていたとはいえ、逃げ場のない場所に逃げるだなんて……。

僕は自分の失態に、言葉もなく立ち尽くした。

天候も最悪だった。冷たい風が容赦（ようしゃ）なく吹き付け、大粒の雨が全身を打つ。

来た道を戻るわけにもいかず、身を隠す場所がないか探していると、足元から壮大なオーケストラが響き始めた。

階下の舞台で歌劇の第二幕が始まったのだろう。華やかな音楽は、本来であれば胸を躍らせるはずのものなのに、今は焦りを増幅させただけだった。

この状況の何もかもが僕には悪条件にしか思えない。けれど、背後の扉を軋ませながら、一人の男が姿を現した瞬間、全ては彼のために整えられた舞台なのだと腑に落ちた。

その人は一見、身なりのいい紳士だった。

上等な黒い夜会服を隙無く着こなす、高い上背と体躯。黒く艶のある髪は精悍（せいかん）な顔立ちをよく引き立てている。人を惹きつけてやまない容姿に違いないのだが、険しい表情と鋭い琥珀色の瞳は威圧感に満ちている。その目が迷わず僕を見据えた瞬間、全身が凍りつくほどの恐怖を覚えた。

足が竦んだ。けれど男は構わず距離を詰めてくる。僕は後ずさり、離れようとしたが、あっという間に背中が丸屋根の壁面に触れるところまで追い込まれた。

ぎこちなく顔を上げると、彼は悪辣な笑みを浮かべながら言った。

「本気で俺から逃げられると思ったのか?」

狩りを楽しむかのように訊ねる彼の名を、ノア・ヴィラールという。

年齢は二十六歳、由緒あるヴィラール伯爵家の当主だ。

傲慢で不遜な言動に加え、最近街を騒がせている凶悪な事件への関与が疑われるなど、よくない噂が絶えず、一体誰が呼び始めたのか、社交界では彼の家名をもじって「ヴィラン伯爵」と揶揄されている。

噂に違わぬ高圧的な態度に、僕は完全に狼狽えていた。

「黙ってないで、いい加減名前くらい名乗ったらどうだ」

業を煮やした様子で問われたが、僕はどうしてもこの状況から逃れたくて、壁伝いに左へ、じりじりと移動を試みた。

しかし伯爵は目ざとくそれに気づいて、足を壁に突き立てて行く手を阻む。反対方向へ逃げると、今度は両手を素早く僕の顔の横に突き、身動きを封じた。

「無駄だ。あきらめて質問に答えろ。名前は？　年齢は？　どこに住んでいる？」

伯爵は矢継ぎ早に質問しながら僕の顎を掴み、強引に上向かせる。苛立っていることは明白だ。おそらく、あと何か一つでも彼の機嫌を損ねるような真似をすれば、絞め殺されるに違いない。

「僕は、シオン・エルメールといいます。歳は二十五で、家は、その……」

つい言い淀んでしまったが、理由に思い当たったのだろう。伯爵は目を細める。

「なるほど。エルメール子爵家の嫡男か」

あっさりと言い当てられて仕方がなく頷くと、満足そうな表情を浮かべた。

「身元を把握した以上、もう逃げられると思うなよ」

直球な脅し文句に、退路への希望は完全に打ち砕かれた。

そもそも僕はある人の命令で、この悪人顔の伯爵の身辺を探る、一種のスパイ行為をしていた。そのことはまだバレていないはずだが、もはや時間の問題だ。

伯爵が与える制裁は、苛烈を極めるだろう。もしそれが家族にまで及んだらと思うと、背中を嫌な汗が滑り落ちた。

僕が独断でやったことなのに、万が一にも怒りの矛先が周囲に向けられてはいけない。

焦り、追い詰められながら、震える手をジャケットの内側に伸ばす。そして忍ばせていたナイフを、自らの胸に向けて構えた。

「逃げません、責任は全て僕が追います。だから……！」

今の自分にできる最善の決着のつけ方のつもりだった。勢いよくナイフを振り上げたが、次の瞬間、腕に強い衝撃が走った。

指先が痺れ、取り落としたナイフが硬質な音を立てて足元に落ちる。何が起きたかわからずにいると、頭上から憤りに満ちた声が問いかけた。

「何を勘違いしているか知らないが、それがエルメール子爵家の責任の取り方か？」

伯爵は、心底理解不能だという表情で僕を見下ろしている。

「死ぬ気があるなら抵抗しろ。それとも悪足掻き（わるあがき）は恥か？　潔く自決するのが高潔な貴族のあり方だとでも？　俺から見ると、ひどくバカげた考えにしか思えないが」

嘲笑交じりに言われた途端、自分でも驚くほどの悔しさがこみ上げた。抑えてきた怒りや焦燥が、堰（せき）を切ったように溢れ出す。

この一年の間に、我が家の状況は大きく変わった。世間的に言えば「ごくありふれた話」でしかなく、今時珍しくもない。ただ、僕たちは散々足掻いたし、大切なものを守りきれずに手放した。今も、失ったものを取り戻すために、こんなことまでしている。事情を知りもせずに嘲笑う目の前の男が腹立たしくて、つい感情のままに言葉をぶつけた。

「足掻いて、追い詰められてるからこんなことをしているんです！」

「じゃあ、何をどう追い詰められているのか話してみろ」

思いも寄らぬ提案に困惑すると、彼は挑むような眼差しで僕を見た。

「何を驚いている、さっきから、俺はおまえと話がしたいと言っているだろう」

確かに出会い頭に「話がしたい」と言われたが、脅されているとしか思えない状況だった。でももしかしたら、違ったのだろうか？

僕の表情があまりにも疑心にまみれていたからか、伯爵は一瞬考えた後、言葉を選びながら問いかけた。

「もしかして……行くところがないのか？　助けを求められる相手は？」

そんな人がいたらここにはいない。答えないことを肯定と見なしたのか、伯爵は再び考え込み、そして呟く。

「じゃあうちに来るか？　俺が養うというのはどうだ？」

養うとは、一体どういう意味だろう。

僕が眉を寄せると、彼は背筋を伸ばし、高圧的な態度で告げた。

「シオンといったな。衣食住、昼寝付きの永久雇用でどうだ？」

つまり、伯爵の下で働けという意味らしい。

とはいえ見ず知らずの人間をこうも安易に、しかも永久に雇い入れるだなんておかしい。何か裏があるはずだ。

またもや疑念が顔に出ていたのか、伯爵はむきになった。

「もちろん住まいの快適さは保証するし、不当な扱いをするつもりはない。必要な設備や備品の提供、週休二日、有給も付与する。自由時間は当然好きに過ごしていい」

次々と提示される条件、それらがもし本当なら、驚くほど手厚い福利厚生だ。

現状とは雲泥の差で、ここ最近の苦しい生活と天秤にかけると気持ちがぐらついた。

けれど、こんなうまい話があるわけがない。

なけなしの理性で踏みとどまっていると、伯爵は最後の一押しとばかりに言い放つ。

「近い将来必ず、この申し出を受けて良かったと思わせてやる」

揺るぎのない眼差しは、騙そうとしているようには見えない。

僕を哀れに思ったのか、それとも伯爵家が深刻な人手不足に見舞われているのか。

なんにせよ、これほど真摯な人材勧誘を受けたのは生まれて初めてのことだった。

「どうする？　俺と来るか、来ないのか？」

悠長に答えを待つつもりはないらしい。それに、考えようによっては悪い話じゃない。

申し出を受けて伯爵家に潜入すれば、彼の動向をもっと近くで探ることができる。

伯爵も全くの善意というわけではないだろうから、こちらも目的のために利用できるものは使うべきだ。

「ふつつか者ではありますが、どうぞよろしくお願いします」

腹をくくって応じると、ヴィラン伯爵ことノアは、僕の手を強く握った。

どうやら交渉成立らしい。一心に注がれる視線がやけに熱いのは、人材の獲得に対する喜びの表れかもしれない。にしても情熱的な眼差しだったので少し違和感を覚えたが、ノアが不器用な咳払いをしながら顔を逸らしたことで、うやむやになる。

「そうと決まれば中に入ろう。このままでは風邪を引いてしまう」

言うが早いか僕を促し、冷たい風雨を遮るように歩き出す。

従いながら、自分の決断が正しいものであることを、心から祈った。


僕の生家であるエルメール家は、太陽の国と謳(うた)われるソレイユに居を構える、それなりに名門の子爵家だった。

代々薬屋を営んでおり、先祖が得た「王家御用達」の肩書きのもと、安定した事業を続けていた。両親と妹は王都の一角に建つ屋敷で、僕は地方の大学院で薬用植物学の研究に勤(いそ)しみながら、穏やかな日々を過ごしていたのだが、昨年の春頃から事業の雲行きが怪しくなり始めた。

近年著しく発展した産業技術。それにより市場争いは激化し、我が家もすぐさま立て直しを図ったが思うように行かず、事業はあっけなく傾いてしまった。

多額の借金を抱えたうえに、爵位維持のための更新税の通達も重なり、エルメール家は存続すら危ぶまれる事態に陥った。

とはいえ、僕の家だけが特別に不運というわけではなく、多くの貴族たちが似たような苦境に立たされていた。

今を「時代の転換期」と称する人もいる。革新的な思想や、新しい技術の波が、古い規律ごと貴族社会を押し流そうとしているように思えてならない。

その反面、厳しい現実から逃避するためなのか、社交界は日々賑やかさを増していた。

王都では、夜な夜な趣向を凝らした夜会が開かれ、芝居やオペラは大盛況。一方、街では物騒なテロ事件が頻発し、新聞やゴシップ誌を騒がせている。

落ち着かない王都の情勢を母と妹は冷静に見定めていたようで、二人は僕と父に、いっそ家も爵位も潔く手放し、隣国にある母方の祖父母のもとに移り住むべきだと提案した。

祖父は地元の名士で、僕らの移住を歓迎してくれているらしい。

いい話だったが、父は代々受け継いできた爵位を守るため、最後まで足掻きたいと首を縦に振らなかった。

そこで僕たち家族は、一旦二手に別れることにした。母と妹は祖父母の家へ。僕は大学を辞め、父と一緒に奔走した。

融資や援助を取り付けられないか、朝から晩まで銀行や投資家達との交渉に出向いた。

けれどうまくいかない。何度も断られるうちに、その要因のひとつが僕の過去にあると気づいた。

　十七歳になり社交界に足を踏み入れた当初、僕は面倒な相手に絡まれることが多かった。怪しい投資話を持ちかけられたり、性質の悪い派閥に引き込まれかけたり、火遊び目的のご婦人に目をつけられるなど散々な目に遭い、社交界への苦手意識を強めていた。だけど一人だけ、僕に親切に接してくれる人物がいた。

　社交界の重鎮にして、慈善家として名高いデュマ伯爵。彼は不器用に立ち回る僕をさりげなく助けてくれたのだ。

　社交界での上手な振る舞い方や、相手に隙を与えない話術を教えてくれたうえに、彼の知人達に僕を紹介するときは「親しい友人」と、誉れある称号を与えてくれた。

　気さくに接してくれることが嬉しかったし、彼が主催する特別な夜会に招待された時も、迷わず参加の意思を伝えるほど信頼していた。

　しかし、夜会に出向いてみるとなんだか様子がおかしい。案内された会場は妙に薄暗く、所々仕切られた薄布の向こうから、悩ましげな声や息遣いが聞こえる。

　もしや都市伝説で囁かれる「貴族主催の乱交パーティ」に居合わせているのではと、困惑し立ち尽くしていると、いつのまにか背後に立っていたデュマ伯爵が、僕の肩をそっと抱き、耳元で囁いた。

「今日はゆっくり時間をかけて、いつもとは違うことを教えてあげよう」

そして僕もまた薄布の向こうに引き込まれて、ようやく「特別な夜会」に招待された理由に気づき衝撃を受けた。その場はどうにか逃げ出して事なきを得たが、デュマ伯爵はそれ以降、あからさまに関係を迫るようになった。

どうやら彼は、最初から僕を「愛人」にするつもりで近づいたらしい。

応じなければ立場が悪くなると脅されたが、僕には考えられない選択肢だった。

頑なに拒否し続けたおかげで愛人にならずに済んだけれど、デュマ伯爵は腹いせに「伯爵を誘惑した男狂い」という不名誉な噂と共に、僕の名前を社交界中に広めてしまった。

噂を否定したくても手立てがない。しかもゴシップ好きの貴族たちの間で、内容がどんどん誇張されていく。苦境に立たされていた時、地方都市の大学に進学が決まり、王都の貴族社会から離れたことで、心の平穏をとりもどした。

随分昔の話なのに、王都では未だ僕の悪評は残っているらしく、融資元を見つけるどころか、仕事にありつくのも一苦労だった。

しかも、悪いことというのは続くものだ。

父は知人の紹介で輸入品を取り扱う倉庫群の管理者として働き始めたが、軌道に乗りかけた矢先、倉庫群が世間を騒がせているテロリストの標的となり、全焼するという不測の事態に見舞われた。

この事件をきっかけに、父はついに爵位を手放すことを決意した。

世間がクリスマスで賑わう頃、僕らの持ち物は旅行鞄の中の最低限の物だけになった。爵位や事業、家も失ったけれど、そうなってみたら身軽だと、父は穏やかに笑った。

残っていた細々とした手続きを終え、いよいよ王都を去る前夜。僕と父は街はずれの安宿で、懐かしい思い出話に興じていたのだが、そこに突如、予期せぬ来訪者が現れた。

乱暴なノックの音に驚き扉を開けると、黒ずくめの男たちが押し入ってきた。堅気ではない気配に身構えると、リーダー格の男が、自分たちは例の倉庫の利用客だと名乗った。

そして僕と父に「火災で発生した損失を埋め合わせてもらう」と言い出したのだ。

彼らは特殊な商品を扱っていて、大口の取引のために用意した品が、火災で使い物にならなくなったらしい。けれど、あれは予期せぬ災難だ。父に責任などあるはずがない。

そういった話は父を雇った倉庫群のオーナーにするべきだと言うと、当のオーナーが、責任は全て父が負うと言い残して姿をくらませているという。

突きつけられた証書に記載されていたのは、謂れのない多額の借金だった。僕と父は途方にくれたが、それすら予想していたのか、リーダー格の男は「代わりに、ご子息が私の経営する店で働いてくれるなら、借金は無かったことにしてもいい」と提案した。

彼は上流階級出身の若者が「いい労働力」になる店を経営しているのだという。

僕の顔立ちや癖のない黒い髪、オリーブ色の瞳が大いに気に入ったとかで、男は僕を執拗に勧誘した。

「身一つでいい」という条件を含め、まともな仕事のはずがない。けれど他に方法もない。とはいえ、黙って言いなりになるつもりもなかった。頭の中で逃げ出す算段を立てながら、表向きはおとなしく彼らに従うふりをした。

いよいよ裏路地に停められた車に乗りこもうとした時、行く手に一台の車が立ち塞がった。

闇を切り裂くヘッドライトの光に、誰もが眩しそうに光源を見る。ゆっくりと停車したのは、磨き抜かれた白い屋根付きのリムジンだった。

運転手が後部座席の扉を恭(うやうや)しく開くと、クリーム色の中折れ帽を被った身なりのいい男性が現れた。

帽子の下から覗く手入れされた金色の髪と、冬の湖を思わせる水色の瞳。穏やかな表情には気品と威厳が漂っている。オフホワイトのラウンジスーツの上から、オーバーコートをゆったりと羽織り、足元には磨き抜かれたエナメルの靴が輝いている。

身なりや佇まいから、上流階級に身を置く人物なのがわかる。

彼は状況を見渡すと、余裕のある微笑みを僕に向けた。

「忠告だが、その取引に応じる必要はないと思うよ？」

僕への援護の言葉らしいが、そうされる理由に心当たりがない。しかし彼は迷わず仲介業者のリーダーに近づき、耳元で何かを囁く。すると男は見る間に青ざめ、証書を放棄し、仲間を連れて脱兎のごとく撤収した。

　何が起きたのかわからずにいると、男性は、証書をまるで意味のない紙切れみたいに扱いながら笑ってみせた。

「たちの悪い詐欺だが、安心していい。彼らは二度と君たちに手を出すことはないはずさ」

　帽子を取りながら親しみを込めて告げられて、僕と父は安堵に顔を見合わせた。

　父は何度も感謝を述べた。それに対し、恩人の態度はどこまでも慈愛に満ちていた。

「先日のテロ事件のせいで、エルメール子爵家が危機に陥っていると聞いて、訪ねてみて正解だった。困った人の力になるのは『持てる者の義務』だからね」

　その言葉に父は素直に感銘を受けていたけれど、僕は逆に不信感を抱いてしまった。

　もし彼が相当な人格者だとしても「持てる者の義務」という理由だけで、縁もゆかりもない人間をわざわざ助けに来るだろうか。

　何か裏があると考えるべきだ。けれど生来お人好しな父は、感激のあまり「このご恩はエルメール家の名にかけて必ずお返しします」と申し出てしまった。

　おそらくこれこそが恩人の目的であり、引き出そうとしていた一言に違いない。

　彼は口元にほんの一瞬、含むような笑みを浮かべると、案の定「では、早速で悪いんだけど、頼みたいことがあるんだ」と切り出した。

　その申し出こそが、ヴィラン伯爵について調べてほしいというものだった。

「世間ではヴィラン伯爵なんて呼ばれているが、やつの本名はノア・ヴィラールといって、悪名高きヴィラール伯爵家の当主だ。数年前に世界を震撼させた、いくつもの事件に関わりを持ち、先日君達が被害にあった倉庫の件を含め、王都で起きているテロ事件の首謀者と疑われている人物だ」

だとしたら稀代(きたい)の犯罪者だし、その人のせいで我が家も打撃を受けたことになる。早く捕まえてしまえばいいのにと思ったが、そう簡単な話でもないらしい。

「疑わしい行動は多いが、巧妙な手口ばかりでね。奴が犯人だという証拠が得られず、追及のしようがないんだ」

恩人は悔しげに拳を握りしめた。

「今の私には何もできない。なんと不甲斐ないのだろう！　だが街の平和のためにもこれ以上奴を野放しにしておけない。というわけで、君に力を貸してほしいんだ！」

大仰な言い方で、恩人は父ではなく僕に手を差し出した。

「シオン、君は子爵家令息でありながら、社交界とは距離を置いていたね。ヴィラール伯爵も長く国外周遊に出ていてソレイユに戻ってきたのが一年半ほど前。つまり君は、まだ奴に顔を知られていない。君はスパイ役に最適なのさ！」

恩人の言い分は理解できるが、僕にはスパイの経験も才能もない。

「専門家にお願いした方がいいと思いますけど……」

　素直な意見を述べたが、彼は頑として引かなかった。

「もちろん専門家にはもう頼んだとも。だが伯爵はプロ特有の気配を見抜くのが上手くて、すぐにバレてしまう。その点君ならまさに素人といった感じだし、貴族としての礼儀作法も身についている。奴に警戒心を与えることなく身辺を探れるはずだ。当然、難しいことはしなくていい。奴が誰と何をしているかを、見たまま伝えてくれれば十分だとも」

　つまり恩人は、僕が都合が良くて使えそうな人間だから助けたのだ。

　怪しげな男たちに連れて行かれずに済んだものの、恩人の提案もかなり厄介だ。

　角を立てずに断る口実はないかと考えたが、それすらも予測していたかのように、恩人は僕の耳元で囁いた。

「当然、成し遂げてくれた暁にはお礼をしよう。私はこれでもある程度の無理は通せる立場でね、例えば『失った屋敷や爵位を取り戻す』というのはどうかな？」

　思いもよらぬ申し出に耳を疑う。この一年、そのために奔走してきた。

　本当に？　どうやって？　と疑問が生まれたが、先ほど男たちを追い払った様子を見る限り、この人が何らかの権威を持つ人物なのは間違いない。

　——もし、何か一つだけでも取り戻せたら、父は喜んでくれるだろうか。

　僕の噂のせいで上手くいかないこともあった。迷惑もかけた。けれど父は一度も僕を責めなかった。だから、まだ何かできるのなら、希望に縋らずにはいられなかった。

「……やります」

決意を伝えると恩人は、大概の人は魅了されるであろう完璧な笑顔を浮かべて、僕の手にそっと何かを握らせた。

「英断に感謝しよう。とはいえ、相手は目的のためならどんな手段も厭わない危険人物だ。いざという時は、迷わずこれを使うといい」

手渡された物は小型のナイフで、つまりはこういうものを持ち歩かなくてはならない程度には危険が伴う仕事のようだ。

それでも、成果を上げれば報酬は得られる。その一心で覚悟を決めた。

翌日父を説得し、一人で母と妹のいる隣国へ向かってもらうことにした。父が乗り込んだ列車を見送り、僕はその足で恩人が用意してくれたホテルに拠点を移した。

そこは王都の裏路地にある古びた宿で、いつどこで何をすべきかは、匿名でフロントに手紙が届く手筈になっている。恩人は自らの素性について結局何も語らなかった。

「知らない方が君に迷惑をかけずにすむ」と言っていたけれど、「踏み込みすぎるな」という牽制かもしれない。

なんにせよ、僕も報酬さえ得られれば構わないので、深く追求しなかった。

落ち着かない心境で過ごした翌日、さっそく恩人から、微妙にサイズの合わないスーツと共に「ヴィラン伯爵が出席している社交の場に紛れ込むように」という手紙が届いた。正直、最初は不安もあったけれど、回を追うごとに少しずつ要領がわかってきた。

それに訪れる場所は劇場であることが多く、ヴィラン伯爵の様子を窺うこと自体も、想像よりずっとたやすかった。

なぜなら伯爵は、どこにいても自然と目を惹く存在だったからだ。

堂々とした佇まいに、黒を基調とした趣味のいい服装。他から頭一つ抜きん出た高身長と、鍛えられた体格。顔立ちは少々強面（こわもて）だが、かなりの男前。引く手数多（あまた）になりそうなものだが、危険人物と認識されているせいなのか、夜会ではほとんど一人で酒を呷っている。

それを遠巻きに眺める参加者たちに「凶悪犯」だの「血も涙もない」などと好き勝手なことを囁かれていたが、どこ吹く風と動じる様子すら見せない。

その堂々とした姿が、僕には印象的に映った。

一方、劇場に足を運ぶ際には、決まって同行者がいた。少年の面影が残る黒髪の若者で、いつも伯爵の一歩後ろにいる様子から、あまり目立ちたくないという意思が感じられた。

僕とノアが顔を合わせた、オペラ座創立記念の特別公演にも、二人の姿があった。

今回の演目は、大掛かりな仕掛け演出があるという前評判が話題を呼び、王族も密かにチケットを購入したと噂されていた。そのためかいつも以上に盛況で、伯爵たちも数ある貴賓席の中で、最も舞台に近い三階の右端に位置する特等席を確保していた。

若者は舞台の近さに高揚した笑顔を見せており、それを見守る伯爵の表情も柔らかい。

だが幕が開いた途端、伯爵はステージに目もくれずに爆睡し始めた。

僕はその様子を、真向かいに当たる一階のボックス席から観察していたのだが、おそらく伯爵は、歌劇や芝居にあまり興味がないのだろう。

なのに劇場に足繁く通うのは、同行者の若者を喜ばせるために違いない。

この国は恋愛に大らかで、貴族間でも同性の恋愛や婚姻が認められている。きっと二人もそういう関係なのだろう。無粋な勘ぐりだと思いつつ、感じたままの印象を、少し前の報告書で恩人に伝えていた。

するとそれを境に、少々難易度の高い指示が来るようになってしまった。

それにどう対応すべきか悩んでいる間に第一幕が終わり、ホールが眩さを取り戻す。その途端、伯爵は若者に一声かけて席を立った。

急いで後を追いかけると、彼はグロワール・フォワイエと呼ばれる絢爛豪華な回廊に設置されたバーカウンターで、グラスを呷っているところだった。

一杯目をあっという間に飲み干し、二杯目のグラスを手に取ると、今度は静けさを求めるように歩き出す。僕も倣(なら)って適当なグラスを掴み、さりげなく後に続く。しばらくして伯爵は、グロワール・エスカリエと名付けられた階段回廊で歩みを止めた。

燭台の灯りで照らされた壮麗な空間は、厳(おごそ)かな雰囲気が漂っている。人がまばらな様子も気に入ったのだろう。伯爵は階段の上に張り出したテラスの一つに佇むと、ゆっくりとグラスを傾け始めた。

僕はその後ろ姿を、少し離れた柱の陰から、緊張の面持ちで眺めていた。

恩人の新しい指示とは「ヴィラン伯爵と接点を持て」というものだった。

難しいことはしなくていいと言っていたくせに、かなりの難題だ。近寄り難いし、そもそもどうやって接点を持てばいいのだろう。話しかけるとして話題は何を？　いっそ出会い頭にぶつかってみようか……。

試しに一歩、踏み出した丁度その時、大慌ての会場係が駆け抜けざま、僕の背中にぶつかった。跳ね飛ばされてよろめきながら、伯爵めがけて倒れ込む。彼もただならぬ気配を察したのか、訝しげにこちらを振り返った。

タイミングや身長差など、様々な要因が重なった結果、僕たちは正面から顔をぶつけ、唇の痛みに仰け反りながら、くぐもった声を上げた。

「おい、いきなり何を……！」

苛立ちも露わに睨まれたが、僕は痛む唇を押さえ、今起きた事故に狼狽える。

人生初のキスを、こんな風に経験してしまうだなんて。しかも相手はヴィラン伯爵だ。

少しの接触でよかったのに、いきなり過激なスキンシップを仕掛けたことになる。

「ええと、今のは、その」

必死に弁解を試みるが何も思いつかない。恥ずかしくてたまらなかった。どっと汗が噴

き出し、顔が燃えるように熱くなり、うまく言葉が出てこない。

そんな僕のことを伯爵は、未確認生物に出くわしたような顔で、穴があきそうなほど見つめてくる。

彼からすると、見知らぬ男が出会い頭にキスしてきたのだから、驚いて当然だ。

気まずさのあまり爆発しそうになっていると、伯爵は掠れた声で言った。

「おまえ……名前は？」

大きな手に、強く肩を掴まれた瞬間、恐慌状態に陥った僕の体は誤作動を起こした。

「すみませんでした！」

謝罪を口にしながら、力一杯伯爵の体を突き飛ばす。

相反する行動に、さすがのヴィラン伯爵も不意をつかれたのだろう。彼はバランスを崩し、手すりを越えテラスから階下へ落ちていった。

——どうしよう、さらなる事故を起こしてしまった！

恐怖に震えながら手すりに近づく……すると、すぐ真下に階段があったおかげで、彼は無事だった。

落下した高さも人の腰丈ほどだったため、怪我もなさそうだ。

当の本人は、何が起きたかわからない様子で立ち尽くしているが、大事に至らず心底安堵した。すると今度は気が抜けたはずみで、手からグラスが滑り落ちた。

あっと声を上げた時には、白ワインが伯爵に降り注いだ後で、おまけにグラスまでもが彼の頭に直撃し、派手な音を立てて大理石の階段を転げ落ちていく。

その行方を言葉もなく目で追うと、グラスが行き着いた先に偶然佇んでいた恰幅(かっぷく)のいい紳士が、口をあんぐりと開けて一部始終を目撃していた。

もはや大惨事と言える状況に、僕は恐る恐る階下に向けて声を掛けた。

「あの……お怪我はありませんか？」

伯爵は、ゆっくりと顔を上げた。

濡れて乱れた髪の下から覗く凶悪な視線を受けて、反射的に一歩退く。

次の瞬間、彼は階段の手すりに足をかけて飛び上がり、僕の前に戻って来た。思いもよらぬ身軽さに驚いていると、鬼気迫る様子で距離を詰めてくる。

「俺はノア・ヴィラールという。今まさに、人生で初めてオペラ座に来て良かったと実感しているところだ。どうか名前を教えてくれないか？」

濡れた髪を乱暴にかき上げながら、威圧的に問いかけてくる。今のは「これほど腹立たしいのは生まれて初めてだ、名を名乗れ」という、遠回しな言い方なのだろうか。

「ええと、名乗るほどの者ではありません。それより、怪我がないなら僕はこれで……」

家名を知られたら家族にも影響を及ぼすかもしれない。急いで立ち去ろうとしたが、腕を掴んで引き止められた。

「いいから答えろ。それとも名乗れない事情でもあるのか？」

　図星を突かれて押し黙ると、伯爵はさらに険しい表情で詰め寄ってくる。これは早急に撤退した方が良さそうだと判断した僕は、腕を振り切り、一目散に駆け出した。

「おい、待て！」

　待てと言われて待つわけがない。幸い伯爵とは少し距離がある。このまま階段を下りてしまえば、オペラ座の出口はすぐそこで、外に出れば、常に大勢の人で賑わうシャレーゼ通りだ。雑踏に紛れることができれば、逃げ切れるはずだ。

　勝利を確信しかけたその時、頭上から「動くな」と命じる声がした。

　反射的に足を止めた次の瞬間、目前に黒い人影が勢いよく降って来た。

　それはまぎれもなくヴィラン伯爵で、どうやらテラスから飛び下りて来たらしい。

　そこまでして追ってくるなんて普通じゃない。しかも僕を見据える瞳には執念めいた炎が浮かんでいる。恐怖でパニックになりかけていると、伯爵は何を思ったのか、突如穏やかな口調で僕に語りかけた。

「落ち着け、おまえと話がしたいだけだ。一緒に食事でもどうだ？」

　この状況で食事に誘う意味がわからない！　異常な申し出に戦慄を覚えたが、僕はこれに似た事例をよく知っている。愛読書のホラー小説で殺人鬼がよく使う手だ。殺そうと目星をつけた相手を、まずは優しい言葉で油断させ、その後の展開は言うまでもない。

「は、話すことなんてありません……食事も結構です！」

断固として誘いに応じるものかと睨み返したが、伯爵は引き下がらない。

「遠慮するな。どうせ時間はたっぷりあるんだからな」

含みのある凶悪な微笑みを見た瞬間、僕は最後の勇気を振り絞り、駆け下りたばかりの階段を全力で駆け戻った。

おそらく相手が伯爵じゃなければ、逃げ切れていたはずだ。けれど彼はとても執念深かった。その結果屋上に追い詰められ、話し合いの末、こうしてヴィラン伯爵ことノア・ヴィラール伯爵の車で、連行されている。

彼はあの後、手近な会場係に同行者への伝言を言付けると、何食わぬ顔で僕を促し、オペラ座を後にした。すると正面入り口の車寄せに、タイミングを計ったように最新型の屋根付きのリムジンが停車する。

特注のエンジンが積まれているであろう大型のボンネットに、磨き抜かれた濃紺色の車体。タイヤのホイールは眼が覚めるような赤で、ドアや窓枠には金色の縁取りが施されている。一般的な車よりも一回り大きくて、持ち主と同様に威圧感を放っている。

道ゆく人たちの興味深そうな視線を気にも留めずに、ノアは後部席に僕を押し込んだ。

車内では座り心地のいい対面式の座席に、彼と向き合う形で収まっていたのだが、車に乗り込んでからというもの、ノアは気むずかしげに腕を組み、無言で僕を注視し続けた。

途中、拠点にしていたホテルに荷物を取りに立ち寄った際は、ぴたりと後ろに付いてきて「荷物はそれだけか？」と言葉を発したが、車に戻るとまた黙って威圧的な視線を向けてきた。

せめて車窓の景色が見えれば、少しは気が紛れたかもしれないが、大粒の雨の雫と、日が落ちたせいで外の様子はほとんど分からなかった。

ただ、この車がどこに向かっているのかは見当がついていた。

先ほど王都の東を流れるレーヌ川に差し掛かり「鉄の騎士」という愛称で親しまれる鉄橋を渡った。となると、おそらく伯爵の屋敷に向かっているはずだ。

ヴィラール家の館は王都の東の丘陵地にある。歴史ある名家にふさわしい大邸宅らしいが、その屋敷にも伯爵同様、妙な噂があった。

ある日突然、大勢の使用人が姿を消してしまっただとか、敷地のどこかに魔女の呪われた庭があるなどと囁かれており、世間では「ヴィラン城」と呼ばれている。ホラー小説のエピソードなら興味深い内容だが、実際に生活するとなると話は別だ。

しかも屋敷の使用人は訳ありの者が一握りいるだけらしく、伯爵も強面で接し方がわからない。改めて新しい職場環境に不安を覚えた。

そもそも使用人として迎えられる以上、僕の経歴にチェックが入るはずだ。

社交界での噂のことを知られれば心証は悪くなるだろうし、スパイ目的だとバレたなら、その先にあるのは尋問か拷問だろう。

こういう時のことを見越して、恩人は身元を明かさなかったに違いない。今さら気づいてため息をつくと、ノアが表情をさらに険しくして問いかけた。

「おい、どうした？　寒いのか？」

僕が腕を抱くような仕草をしたせいで、そう見えたのだろう。

確かに雨に濡れたせいで暖かくはないが、感覚が麻痺していてよくわからない。

「寒い、というわけでは……」

そう言い終わる前に盛大なくしゃみが出た。気まずさを押し殺し、控えめに鼻を啜ると、ノアは物言いたげに目を細めた。そして短い溜息と共に、傍に置いてある外套に手を伸ばし、立ち上がる。

「なっ……何ですか？」

「いいからおとなしくしろ」

彼はぞんざいに言いながら、僕の目の前で大きく外套を広げた。何をされるんだろうと身構えると、それを体に巻き付けられた。

身動きが取れない。けれど苦しくもなく、暖かい。そしてノアが最後の仕上げとばかりに外套の両袖を僕の胸の前で固く結ぶと、男らしい香水の香りにふわりと包まれた。

困惑する僕をよそに、ノアは満足そうに頷き、僕の隣に移動して距離を詰める。

「強がって風邪を引かれては困るからな。なんならもっと寄ってもいいんだぞ？」

怒っている……わけではないようだが圧が強いし、真意もわからない。どう返答すべきか悩んでいるうちに、車が停まった。

目的地に着いたのだろう。ドアが開き、テイルコートに身を包んだ老齢の男性が「足元にお気をつけて」と僕らを促す。

ノアに続いて車を降りた途端、暗い夜空を稲妻が走り抜けた。

一瞬の眩さの下、陰鬱な空気を纏う屋敷の姿が浮かび上がる。一拍開けて雷が空気を震わせると、鳥たちが騒がしい声を上げて一斉に飛び立つ。恐ろしげな雰囲気に気圧されていると、背後から強く肩を掴まれた。

「遠慮することはない、今日からここがお前の家だ。気兼ねなく過ごせ」

親切な言葉にも聞こえるが、ノアは悪辣な笑顔を浮かべている……。

早くも自分の選択に自信を失いながら、僕はヴィラン伯爵の屋敷に足を踏み入れた。

吹き抜けのエントランスが眩いほど明るくて虚を衝かれた。外観を見て身構えていたけれど、シャンデリアの光とジャスミンの精油の香りに満たされた空間には、陰鬱さの欠片も存在しない。床のバラ色の大理石も、曇りなく磨き抜かれている。

壁や天井は白を基調としており、客人を迎えるために置かれた二対の椅子や、絵画などの調度品も、非常に趣味良くまとめられていた。

想像と違う様子に困惑していると、奥から現れた二人のメイドに、ノアが声をかける。

「ファム、ルゼット。すまないが、三階の南東の部屋を整えてくれ」

指示を受けた二人は頷き、すぐさま動き出す。同時に、先ほど出迎えてくれた老齢の執事が、僕に巻き付けられたコートを丁重に脱がせてくれた。

「ロベール、シオンを浴室に連れて行け。なんなら俺の部屋のを使っても構わない」

ノアの言葉を受けた執事は「失礼ですが」と口を挟む。

「ノア様も早急に自室の浴室をお使いになるべきかと」

「シオンに比べれば、それほど濡れてないだろう」

自信ありげな口調だが、僕が見た限り十分ずぶ濡れだ。その証拠に屋敷の奥からもう一人、ひょっこりと顔をのぞかせた男性が、僕らの姿を見て驚きの声を上げた。

「どうしたんだいノア、ずぶ濡れじゃないか！」

慌ててやってきたのは、銀色の髪をした五十代くらいの紳士だ。所作は洗練されていて、眼鏡の下の青い瞳や表情からは優しげな印象を受ける。だが体格や背の高さ、顔の造形はノアとよく似ていた。

腕には美しい猫を抱いているのだが、その猫は僕と目が合うと、警戒心の強そうな黄金色の瞳を見定めるように細めた。

「今日は何があったんだい？　噴水に飛び込んだ？　それとも橋から落ちたとか？　それにこちらの方は？　もしやご迷惑をおかけしたんじゃないだろうね？」

遠慮なくノアを問い詰める様子から、おそらくこの人がノアの父親に違いない。その割に柔らかな言動を意外に思っていると、ノアが面倒くさそうに口を開く。

「雨に打たれただけだ。それより、今日から一緒に暮らすことになった。シオン・エルメールだ」

ノアはまるで、大切な人を家族に引き合わせるように僕に寄り添う。

一歩間違えれば同棲宣言のような言い回しだが、住み込みで働くのだから間違いではない。なのであえて言及せずに頭を下げた。

「初めまして。どうぞよろしくお願いします」

男性は驚いた様子で猫をぎゅっと抱きしめながら、僕とノアを交互に見る。

「本当に……？　シオンくん、きみ、本当にうちに来てくれるのかい？」

「はい。ふつつか者ですが、本日よりお世話になります」

どんな理由であれ、働かせてもらう以上挨拶はきちんとすべきだ。丁重に一礼すると、男性は歓喜に震えた様子で僕に握手を求めた。

「ようこそ、ノアの父のリュカです。なんてことだ、本当によく来てくれたね！　祝杯をあげたいところだけど、まずはお風呂で温まるのが先だ、ロベール、頼めるかい？」

老執事は「承知いたしました」と一礼し、僕を促した。

ノアとリュカ様の反応を見るに、この屋敷が人手不足なのは間違いなさそうだ。

現に大きな屋敷だというのに案内されている間、他の使用人とは一切すれ違わなかった。

静けさが漂う中、老執事に連れられてたどり着いたのは、二階の少し奥まったところにあるバスルームだった。

入ってすぐの小部屋には、鏡のついた洗面台やチェストが並び、その奥の扉の向こうが広々とした浴室になっていた。白い壁と色ガラスのはめ込まれた窓、床は清潔なタイルで覆われ、中央に白い猫足のバスタブが置かれている。

「今着ているものはこちらへ、着替えは後ほど手前の脱衣室へお持ちいたします。遠慮せずに、ごゆっくり温まってください」

丁寧な説明をしながら真鍮の蛇口をひねり、浴槽に湯を張ってくれたが、どう考えても使用人が使うバスルームではない。本当にいいのだろうかと困惑している間に、一人その場に取り残された。

所在無く立ち尽くしていたが、冷え切った体は限界で、指先は悴んで無理に動かすと痛いくらいだ。このままでは本当に風邪を引いてしまう。

僕は濡れた服を急いで脱ぎ、浴槽の中に体を沈めた。

湯に触れると皮膚が痛んだ。身体中どこもかしこもそんな感じで、時間をかけて全身が湯に馴染むと、蕩けるような暖かさにほっと息をついた。

今暮らしている安宿は隙間風が厳しくて、使える湯量も少なかった。こんなふうに贅沢に温まるのはいつ以来だろう。

思いもよらぬ恩恵に感謝しながら、暖かさを堪能した。

湯船から出ると先ほど言われた通り、小部屋のチェストの上に衣服が用意されていた。白いシャツとズボンは、少しサイズが大きいが、湯上りの肌に馴染んで着心地がいい。

この後はどうしたらいいのだろう、という疑問は、バスルームを出てすぐに解決した。なぜならノアが、ドアを開けてすぐの壁にもたれて僕を待ち構えていたからだ。

思わず背筋を伸ばすと、彼は僕の頭のてっぺんからつま先まで、くまなく眺めた。

「しっかり温まったようだな」

そう言う彼もシャワーを浴びたのだろう。さっぱりとした様子でラフな服装に身を包み、癖のある黒髪はまだ少し濡れたまま無造作に跳ねている。飾らない姿は夜会の装いよりも親しみやすく、改めて同年代であることを思い知らされた。

「浴室を使わせてくださって、ありがとうございました」

深々と礼をすると、ノアは素っ気なく目を逸らす。

「衣食住のうちには当然風呂も含まれているからな。それより、部屋の準備ができた」

手短に言うなり大股で歩き出す。慌てて後を追うと三階東側の一番奥の部屋の前で足を止めた。

「ここを使え」

促され、一歩足を踏み入れて驚く。広い部屋だった。淡いグリーンの壁紙と柔らかな照明の組み合わせが好ましく、木組模様の床には厚手のカーペットが敷かれ、ベッドも柔らかそうに整えられている。文句なしに素晴らしい部屋だが、ここもまた素性の分からない使用人が使っていい場所ではない。

「伯爵様、これは一体……」

どういうことなのかと見上げると、ノアは不機嫌そうに眉を寄せた。

「なんだその呼び方は、ノアと呼べ。様はつけるな」

険しい表情で命じながら、強引に僕を部屋の中に押し込む。

「何が気に入らない。内装か？　家具か？　希望があれば変えてやる、言え」

恐れ多い言葉に、僕は激しく首を横に振ってみせた。

「いいえ、素晴らしい部屋です！　そうではなくて……！」

するとノアは、何を勘違いしたのか「安心しろ」と言いながら、廊下を挟んで向かいにある部屋の扉を示した。

「俺の部屋はそこだ。すぐ近くにいるから何かあれば呼べばいい。それと、おまえの荷物はベッドの横に置いてある。寝間着と着替えも何着か適当にクローゼットに入れておいた。俺のだとサイズが少し大きいな。すぐに手配するから、少しの間我慢してくれ」

　改めて自分の身につけている服を確認する。一回りサイズの大きい男性物。例えばそう、目の前にいる人物が着ればぴったりの……。

「ぼ、僕は今、伯爵の私服をお借りしているのですか？」

「だから……その呼び方はやめろと言ったはずだ。どうやら先に、ルールをはっきりさせておいたほうがよさそうだな」

　ノアはため息をつきながら、じりじりと僕との距離を詰めた。身構える僕の目の前に指を一本立てる。

「一つ、部屋などの衣食住に関しては、おまえが得るべき正当な権利だ。今後は一切の遠慮を禁じる。二つ、伯爵と呼ぶな、あまりにも他人行儀すぎる。俺のことは『必ず』名前で呼べ。三つ、意見や発言も遠慮しなくていい。大抵の希望は叶えるし、聞き入れる心構えはできているつもりだ」

　実に寛容な内容だった。僕が知る主従関係ではあり得ない規約だが、命令だというのなら従うしかない。

「わかりました」

「それで？　食事はどうする？　……まぁ、無理にとは言わないが」

オペラ座でも食事に誘われたが、彼は相当お腹が空いているのだろうか。

「ありがたい申し出ですが……実は最近、胃が痛くてあまり食べられないんです」

二度も断るのは申し訳ないが、正直に打ち明けた。冬が始まって以来、地味な不調が続いている。空腹をあまり感じず、かといって何も食べないのも体に悪いからと無理に食べると胃が痛い。悪循環が続き、いつしか食が細くなっていた。経済的に助かったのは幸いだったけれど……。

するとノアは「わかった」と言い残して部屋を出て行ってしまう。もしかしたら気分を害したのかもしれないと危惧したのも束の間、あっさり戻ってきたかと思うと、僕の手にマグカップを押し付けた。

「スープなら飲めるか？　無理だったら残して構わない」

強引に持ち手を握らせると、さらにもう片方の手に、小さな瓶を押し付ける。

「それと胃薬だ。水は奥のテーブルに置いてある。飲んだら今日は暖かくして寝ろ」

それだけ言うと今度こそ立ち去ろうとするので、思わず引き止めた。

「あの、面接というか……僕のこれまでのことを聞いたりはしないんですか？」

身構えていた分、ノアの対応に戸惑う。けれど彼は、気にも留めない様子で首を傾げた。

「別に急ぐことでもないからな。それとも、聞いてほしいのか？」

そうではない。聞かれないほうが都合がいいに決まっている。ただ伯爵家の当主としてそれでいいのだろうか。それとも間口は広くしておいて、雇用するや否や過酷な仕事をさせる、いわゆる黒い職場定番の流れなのか……。

「あの……明日から僕は、何をすればいいでしょうか？」

勇気を出して訊ねたが、ノアはあっさりと答えた。

「好きにしていいぞ」

「というと？」

「何をしてもしなくてもいいし、おまえがしたいようにしていいという意味だ」

最初は彼の言っている意味がわからなかった。けれど、何度か反芻してようやく真意にたどり着く。

つまり、この屋敷でどう振る舞うか、自らの行動で示してみろと言っているのだろう。役立つ人材かどうか判断するテストの一環。もしかしたら、このやりとりも試されているのかもしれない。

「……わかりました。明日から、どうぞよろしくお願いします」

「ああ。朝食の時間になったら一応声をかけるから、そのつもりでいろ」

それまでに身支度を整えておけという意味だろう。神妙に頷くと、ノアは今度こそ部屋を出て行った。扉が閉じると同時に張り詰めていた緊張の糸が切れてしまい、体を引きずるようにして、窓辺のソファに座り込む。

やはり自分は間違った選択をしたのかもしれない。だけどここまで来た以上、やれるところまでやるしかない。それに「好きにしていい」ということは、何の仕事をするか、自分で選んでいいということだ。

ここに乗り込んだ目的を考えると、ノアと接点の多い仕事に就くのが望ましい。ただ、僕がその役目をこなせるかと問われたら、正直あまり自信はない。

長く大学に篭っていたので社会経験は乏しいし、取り柄は逃げ足の速さと、専攻していた薬用植物学に関連する知識と技術くらいのものだ。趣味で薬草園の手入れもしていたけれど、お屋敷仕事とは結びつかない気がする。

不安に駆られ始めると、同調するように胃が痛み出した。力なくうなだれた時、芳しい香りが鼻孔をついて、手に持ったままの存在を思い出す。

スープと胃薬。今の僕にはありがたい組み合わせだ。しかも薬は、子供の頃から飲み慣れている我が家の製品で、安心感がある。

テロリストと疑われている人の対応にしては優しい。

もしかしたら犯罪組織としては珍しく「働き手を大切にする」という信条を掲げているだけかもしれないけれど。

そんなことを考えながら何気なくスープを飲んで、その味に衝撃を受けた。

美味しかった。もう一口飲むと至福を感じて、胃も心もじわりと温かくなっていく。マグの中身を飲み干した頃には、気持ちが少し浮上していた。

きっと今ここでいくら考えても答えは出ない。それに今日は緊張の連続でとても疲れた。それならいっそ眠ってしまおうと気持ちを切り替えて、胃薬を飲む。そのままベッドに横たわると、さらりとしたリネンの感触が心地よかった。

たっぷりのお湯の風呂に、居心地のいい部屋、美味しいスープ。たくさんの暖かいものに触れたおかげで、少し勇気が湧いた。

——明日の朝起きたらまず、自分にできることがないか探してみよう。

目を閉じると、久しぶりに深く眠ることができた。

翌朝目が覚めると、窓の外はまだ少し薄暗かった。ただし、雨上がりの清々(すがすが)しい空気で満たされている景色がとても気持ち良さそうで、つい散策したくなった。

時計の針が、朝食には早すぎる時間を示していることを確認しながらクローゼットを開ける。中には昨夜説明された通り、着替えが何着か入っていた。

衣食住に関しての遠慮を禁じられたこともあり、少々サイズの大きいシャツと黒のスラックス、その上から暖かそうな上着を着込んで部屋を出た。

出来るだけ音を立てないように階段を下りると、どこからかカリカリと、何かを引っ掻くような音が聞こえた。

見ると昨夜見かけた美しい毛並みの猫が、玄関扉に爪を立てている。静かに眺めていたつもりだが、猫は僕の気配を察したのか、素早く振り向いた。

本当に綺麗な猫だった。長い毛並みのほとんどは白く、両耳から顔にかけて淡い灰茶色をしている。警戒心の強そうな黄金の瞳が微かに細まると、何かを訴えるようにニャア、と一声鳴いた。

前足の先には、猫専用の出入り口らしき小さな扉があった。そこに昨夜の暴雨で飛んできたのか枝が挟まり、開閉を妨げているようだ。

「ちょっと失礼」

断りを入れながら枝を取り除くと、猫は我が物顔で外に出て行く。僕もそれに倣って、扉を開いた。

外に出た途端、冷たい外気に体が震えた。空気には、まだ冬の匂いが混じっている。マフラーも借りてくればよかったなと後悔していると、少し離れた場所で、先ほどの猫がじっと僕を見ていた。近づくと歩き出すが、しばらくすると再び立ち止まり僕を振り返る。もしかしたら道案内をしてくれているのかもしれない。

なんだか嬉しくなり、僕は猫の後をゆっくりと追いかけた。

歩いていると空が明るくなってきた。丘陵地帯の朝日はとても眩しくて、日差しの下で見るヴィラン城は、昨夜感じた不気味さなど微塵（みじん）も感じさせなかった。

確かに古い屋敷ではあるが、よく手入れされている。昨日は雷とノアの顔のせいで、恐ろしく見えただけに違いない。そう安心しかけた時、屋敷の裏手に怪しげな場所を見つけてしまった。

敷地の端に、ここから先は踏み込んではならない、とばかりに立ち並ぶ鬱蒼とした木々。その一角に、かつては奥へと続く小道があったのか、朽ち果てたアーチが佇んでいる。しかしその向こうに通路はなく、胸元までの高さの枯れ草が壁のように生い茂っている。思わず足を止めたが、猫は迷わず草の中へ突進して行く。

「え……？　ちょっと待って！」

呼び止めたが無駄で、ガサガサと草をかき分ける音が無情にも遠ざかって行く。

行方不明になるのでは、と心配になり追いかけたが、背の高い草は奥に向かうにつれ嵩を増していく。僕の方が遭難するのではと不安になってきた時、唐突に視界が開けた。

ほっとしたのも束の間、目の前に広がる光景に再び愕然とする。

そこは一面、不規則に掘り返された土ばかりが広がる、見るも無残な荒地だった。

その奥に白い小さな建物が場違いに存在している。他に目ぼしいものもないので近づいてみると、建物の四方の壁がガラス張りになっていた。

「温室、かな……」

長年放置されていたのかガラスは曇っていて、中の様子を窺うことはできない。

それでも何か見えないかと目を凝らしていると、猫の声が聞こえた。

周囲を探ると、温室の入り口に先ほどの猫がいて、またもや扉を引っ掻いている。

「よかった、ここにいたのか。……中に入りたいのかな？」

迷いながら、扉のノブを引くとあっけなく開いた。隙間ができた途端、猫は慣れた様子でするりと温室の中に滑り込んでいく。

覗き込むと、温室の中は意外にも整頓されていた。右側には引き出し付きの棚が並び、奥には机が見える。向かって左側には古びたソファと作業台があり、台の上には大学で見慣れたビーカーやフラスコ、乳鉢などの他に、蒸留装置と思われるものがあった。

何らかの工房のような雰囲気だが、埃っぽい空気から長く使われていない印象を受ける。

興味深く眺めていると、背後に人の気配がした。

「シオンくん？　こんなところで何をしてるの？」

驚いて振り返ると、リュカ様も驚いた顔をしている。新参者の使用人が早朝から勝手に敷地を散策し、無遠慮に温室の中を覗き込んでいるわけだから、当然かもしれない。

「ええと、猫が案内してくれて、だけど、中に入ってしまって……」

真実を証明しようと猫に呼びかけるが、一向に出てきてくれない。よく見ると、作業台の奥で白い毛並みがゆっくりと上下しているので、うたた寝をしているのかもしれない。

薄情者め……と眉を寄せると、リュカ様は可笑しそうに笑った。

「ここはアニエスのお気に入りの場所なんだよ。亡くなった妻が使っていた温室でね、アニエスが君を案内したなら、シオンくんに心を許した証拠さ。時々私にくっついてここに来ては、温室の中で一眠りしていくんだ」

言いながら、リュカ様は温室の外に並べてある農機具の中から、鍬（くわ）を手にした。

「あの、ここは一体……それに、その道具は？」

「元々は妻の庭園だったんだ。今ではこの有り様だけど、昔は一面綺麗な花畑でね」

そんなバカな、と思いながら周囲を見渡す。何かを焼いたと思われる残骸と、やけに黒っぽい土。至る所に掘り返されたような穴が空いており、花畑の痕跡など欠片もない。これなら軍の砲術演習場だと言われた方がまだ納得できる。

「去年からノアが少しずつ手入れをしてくれているんだけど、うまくいかなくて。土を耕して花を植えても途中で枯れてしまう。それで『土の状態が悪い』って話になって、だったらいっそ焼畑だー！　ってことで実践しているうちにこうなっちゃったんだ」

お茶目に後ろ頭を掻いてみせるが、わりと無茶苦茶だ。

けれどふざけているわけではないのだろう。なぜならリュカ様は、土汚れのついた軍用コートに身を包み、ブーツと軍手を装着している。それは庭仕事をするための完全装備に違いなかった。

温室の横に揃えられた農機具一式もまだ新しいものばかりだ。ノアがこれを揃えたというなら、本気で手入れをしようとしているのだろう。……方法はかなり雑だけれど。

僕は迷いながら、農機具の一つに手を伸ばした。

「良ければ手伝ってもいいですか？　趣味が土いじりなんです」

リュカ様は、僕の申し出を快く受け入れてくれた。

その日はとりあえず、荒れ果てた敷地を均らした。作業は楽しくて、気づいた頃には太陽がだいぶ高い所まで昇っていた。

「今日はここまでにしよう。シオンくん、よければ一緒に朝食をどうかな？」

そこでようやく、ノアの誘いを思い出した。

「伯爵と朝食の約束をしていたんだった……戻らないと」

「へぇ！　あの子が誰かを食事に誘うだなんて！」

リュカ様は、微笑ましそうに何度も頷く。

「シオンくんが来てくれて本当に嬉しいよ。ノアってすごく分かりづらいだろう？　しかめっ面で怖いし、偉そうに喋るし……あの子、なんて言って君をうちに誘ったんだい？」

「ええと、衣食住、昼寝付きの永久雇用でどうだと言われました」

するとリュカ様は「なるほど、妻にそっくりだ！」と嬉しそうに笑った。

「ノア様が、奥様に似ているんですか？」

「うん。妻も不器用な人でね、一見不機嫌そうなんだけど、笑うと可愛くて愛情深い人だった。私が求婚した時も『衣食住と昼寝付き、返品不可の永久雇用なら結婚してもいい』って返事をくれて……懐かしいなぁ。随分前に流行病で逝ってしまったんだけどね……」

亡き奥様を想い目を伏せる姿に何も言えずにいると、リュカ様は、気持ちを切り替えるように顔を上げ、僕を促した。

「とりあえず、ノアのことは放っておけばいいよ。そのうち起きてくるだろうし、こんな時間まで寝ているほうが悪いのさ。私たちは朝から動いた分、腹ペコだからね」

確かに、久しぶりに好きな作業に没頭したせいか、空腹を感じている。

「大丈夫だよ、ノアには私がちゃんと説明するから。それにうちの料理長の食事はそんじょそこらのレストランに負けないくらい美味しいんだ、きっと気に入るよ」

結局僕は、その誘惑にあっさりと負けた。

屋敷の裏口の洗い場で土を落とし、身ぎれいにした後、ダイニングルームに向かう。するとタイミングを見計らったように、昨夜の老執事が僕らを迎えてくれた。

「おはようございます旦那様。それにシオン様」

「おはようロベール。朝食を二人分お願いできるかな？」

執事は「もちろんです」と言うや否や行動に移る。その所作の一つ一つが美しくて、つい目を奪われた。

「彼は我が家の執事のロベール。元は国立執事学校の講師でね、その昔私がスカウトして以来、うちに勤めてくれている。何かわからないことがあったら彼に聞けばいいよ」

　国立執事学校とは、一流の執事を輩出することで知られている、世界屈指の名門校だ。その講師ともなると、執事の中でもトップクラスの技量の持ち主ということになる。

　驚いていると、部屋の中にふわりと美味しそうな香りが漂い始めた。

　引き寄せられるようにダイニングの入り口を見ると、昨夜も顔を合わせたメイド二人が現れて、テーブルの上に手際よく料理を配膳してくれた。

「彼女たちのことも紹介しておこう。まずこちらがルゼット。元オテル・ロワイヤルミュラーのスーシェフで、我が家自慢の料理長だよ」

　それは王都で名を馳せる五つ星ホテルの名前だ。しかも女性でありながら副料理長となると、相当な実力者に違いない。昨夜飲んだスープの美味しさもそれなら合点がいく。

　ブルネットの髪を料理人らしくきっちりとまとめ上げた、涼しげな目元の女性は「お好きな料理を教えていただければ、腕を振るわせていただきます」と微笑んだ。

「それから、こちらがファム。うちに来る前はちょっと特殊な場所で写真を撮る仕事をしていてね、時々ノアの手伝いと、屋敷の掃除を担当してもらっているんだ」

　栗色の髪を肩の長さで切りそろえた女性は、朗らかな笑顔で「よろしくお願いします」と言うと、やけに堂に入った敬礼をしてみせた。

「こちらこそ、よろしくお願いします」

挨拶をしたその時、テーブルの下から勢いよく猫足が飛び出してきて思わず仰け反る。

「こらアニエス！　シオンくんがびっくりするじゃないか」

リュカ様が咎(とが)めるのも気にせず、僕の膝に飛び乗ったのは、先ほど僕を先導し、呑気にうたた寝をした猫だった。

気を許してくれたのかと思ったが、ほんの少し触れた途端、そっけなく背を向けてテーブルの縁伝いにリュカ様のところに移動してしまう。

「他にも、某国のエンジニアだったルーイ爺さん。彼は屋敷の設備全般を担当してくれていて、運転手兼整備士のテオは、昔、国際自動車レースを総なめにした伝説のレーサーなんだ。そのお孫さんのキースも大の車好きで、学校が終わるとよくテオを手伝いがてら、うちに遊びに来るから、後で改めて紹介しよう」

各々の肩書きに驚いたが、もし「訳ありの使用人が一握り」という噂がこのことを指すなら、想像していたのとはかなり意味合いが違ってくる。

どういうことなんだろうと考えていたが、無造作に口に運んだスープが美味しすぎて、またもや考えがどこかに行ってしまう。

僕の反応を見たリュカ様は「美味しいでしょう？　たくさん食べてね。でも、無理しなくていいからね」と、笑顔で促してくれた。

リュカ様がとても気さくな人柄だったこともあり、食後のお茶を飲む頃には、かなり打ち解けていた。雑談の中で、屋敷でできる仕事を探していると伝えると「だったらロベールに聞いてごらん。以前から手伝いを欲しがっていたからね」と提案してくれた。

有力な情報を得て、早速二階の書斎に向かったが、扉をノックしようとした瞬間、中から大きな物音が聞こえた。

様子を窺おうと覗き込み、目に飛び込んできた室内の様子に思わず息を呑んだ。

天井が高く、かなりの広さを持つ書斎は、大きなアーチ窓から差し込む日差しのおかげでとても明るかった。暖炉と窓の周辺を除いた壁面のほとんどが書架になっており、窓際には重厚で美しい造形の書斎机が据えられている。蔵書数はかなりのもので、壁の書架は吹き抜けになった三階の天井まで続いている。

入り口近くに設けられた優美な螺旋階段で、部屋の周囲を巡るキャットウォークに上がれるようになっていて、その上階の書架の前に、ロベールさんの姿が見えた。

どうやら彼が本を数冊、階下に落としてしまったことに気づいて、僕はノックをしながら、書斎に足を踏み入れた。

「ロベールさん、良ければお手伝いしてもいいですか？」

「おや、これはシオン様。いやはや、手を滑らせてしまいまして……」

本を拾い、破損がないか確認していると、上から降りてきたロベールさんが頭を下げた。

「ありがとうございます。ノア様のお連れ様にとんだご足労を」

「いえ、僕は使用人です。昨夜急遽、伯爵に雇っていただくことになりました」

本を手渡しながら、改めてロベールさんに向き直る。

「それで、リュカ様から、ロベールさんが手伝いを募集していると聞いたんです。もしよければ、僕にやらせていただけませんか？」

「使用人……ですか？　私はてっきりノア様の……」

ロベールさんが不思議そうに瞬いたその時、背後に無言の圧力のようなものを感じた。

「早朝から起き出して何をしているかと思えば……」

低い声とため息に驚いて振り返ると、いつの間にか真後ろにノアが立っていた。

「おはようございます伯爵……ではなく、ノア様」

言い間違いに彼は眉を跳ね上げたが、言及はしなかった。ただ、含みある表情で僕を見下ろして問う。

「俺の誘いを断っておきながら、父とは随分仲良くなったみたいだな？」

どうやら今朝の事情は、もう把握しているらしい。

「朝食も済ませたと聞いた。体調は？」

問題ないと頷いて見せると、ノアは確かめるように、僕の顔を覗き込んでくる。

怯んではいけないと思い見返したが、明るい朝日の下で見ると屋敷同様、ノアのことを昨日ほど怖いとは思わなかった。それに、強面ではあるが形のいい鼻や唇、凛々しい眉と精悍な顔立ちは男前で、琥珀色の瞳は朝日を透過して複雑な色合いを見せている。

綺麗な色だ。吸い込まれそうな、という表現は、きっとこういう瞳のためにあるのだろう。見つめているとノアはぎこちなく目を逸らし、書斎の椅子に腰掛けた。

「確かに昨日より顔色はいい。だが聞き捨てならない話をしていたな。ロベールの手伝いをするだって?」

「はい。ロベールさんの許可がいただければ、すぐにでも」

「おまえな……昨日来たばかりだぞ。少し休養したらどうだ?」

提案の真意がわからない。昨夜は自分で何をしたいか選べと言った。なのに今朝は休めと言う。一体何を試そうとしているのだろう。

「いいえ。何もしないのは性分に合わないし、いただいた報酬分は、すぐにでもお返ししたいので」

「報酬?　何を言っている」

もちろん手厚い待遇についてだが、こちらこそノアが何を言いたいのかがさっぱりわからない。困惑していると、小さな咳払いが場を取りなした。

「確かに、有意義な時間を過ごすためには、打ち込める仕事があるのは良いことです。となると、やはりシオンさんがご興味があることを仕事にしてみてはいかがでしょうか？」

だとしたら庭師がいいなと思ったけれど、呑気に植物と戯れている場合ではない。もっと別の、ノアに怪しまれずに色々と探れる立ち位置が、今の僕には必要だった。

「できれば、常にノア様のそばにいられる仕事がしたいです」

そうすれば、日々の生活の中で疑われることなく、彼について知ることができる。

反応を窺うと、ノアは驚いたように目を見開き、掠れた声で訊ねる。

「それはつまり、俺と四六時中離れたくないという意味か？」

「はい。そうできたらいいなと」

意味合い的には合っているので頷く。するとノアは「くっ……！」と呻くなり両手で顔を覆い、椅子ごと背を向けてしまう。

一体どういう反応なのか。さらに困惑すると、ロベールさんに訊かれた。

「ちなみに、シオンさんはこれまでどのようなお仕事をされていましたか？」

その質問に少し身構えたけれど、何も話さないわけにもいかない。

「……元は、サンメリアンの大学院で薬用植物学の研究をしていました。昨年、家の事情で退学して、その後短い間ですが、王都にある銀行で働いていました」

言葉を選びながら話したのは、大学を辞めて半年ほど経った頃の出来事だ。

かねてより事業の融資を受けていた銀行に、借金返済の相談に行った時、頭取は我が家の状況に対し、寛大な理解を示してくれた。そして僕を自分の秘書として雇い、返済も少しずつで構わないと申し出てくれたのだ。

「ありがたい話だったのですが、徐々におかしなことになりまして……」

いつからか雇い主は、妙に近い距離で僕に接し、隙あらば体に触れてくるようになった。最初は気のせいだと思ったが、そのうち「二人きりになりたい」とあからさまに誘われた。

どうやら最初から僕の不名誉な噂を知っていて、興味を持っていたらしい。

理由をつけて逃げ回ったが、ついに面と向かって「愛人になれ」と言われて、我慢の限界に達し強い口調で拒否して逃げてしまった。

結果、激怒した雇い主は「ゆっくりで構わない」と言っていた借金の返済条件を反故(ほご)にし、返済が滞るや否や、担保にしていた我が家を差し押さえてしまったのだ。

正直外聞のいい話ではないし、僕もあまり思い出したくない。かいつまんで説明したのだが、ノアは状況を理解してくれたのか、何度も頷いた。

「よくわかった……そのクソ雇用主だが、殺していいか？」

不穏な問いかけをロベールさんが遮る。

「それに関しては後ほど然るべき対処をするとして。ではシオンさんは、研究に関わるお仕事を続けたいとお考えでしょうか？」

薬用植物の研究は楽しかった。だけど今は状況に応じて必要なことをしたい。

「お役に立てるなら、職種は問いません」

意志を告げると、ロベールさんは少しの間考え込み、大きくひとつ頷いた。

「ではシオンさんは私の指導の下、ヴィラール家の執事見習いをするのはどうでしょうか？　私の手伝い兼、ノア様の日常生活の補佐が主な業務になります」

その提案に、目が覚める思いがした。

執事とは屋敷の中でも大きな権限を持ち、主人のために尽くす上級使用人だ。家政の技術が必要になるので不安はあるけれど、最もノアの近くに居られる仕事に違いない。

「ぜひ、やらせてください」

決意を漲らせて申し出たが、ノアが口を挟んだ。

「いいや、執事は駄目だ」

「な、なぜですか？」

「昨日来たばかりだろ。わざわざ忙しく過ごそうとするな。もっと休め、休養しろ」

その言い分に納得できず、僕はつい反論した。

「昨日十分休んだので、もう大丈夫です」

「おまえの『大丈夫』はどうも信用ならない。それに俺の世話なんてしなくていい、身の回りのことは自分でやるし、用があったとしてもロベールがいれば事足りるからな」

するとロベールさんが、首の付け根を押さえながら答える。

「最近年齢のせいか肩こりが酷くて。それに常々、助手が欲しいと思っていたのです」

強い後押しに期待を抱いたが、ノアはロベールさんを物言いたげに睨んだだけだった。

この機会を失うわけにはいかない。僕はもう一度、ノアに訴えた。

「どんなことでもします。希望に添えるよう頑張ります！」

するとノアは、恐ろしいほど真剣な表情で僕を咎めた。

「『どんなことでも』なんて軽々しく口にするな！　どエライ目に遭ったらどうする！」

機嫌が悪くなる基準がいまいちわからず、手を拱（こまね）いていると、ロベールさんがノアを窘（たしな）めた。

「ヴィラール家は働きやすい環境ですし、多忙というほどでもありません。ご心配なら、シオンさんのスケジュールをノア様が調整すればいいのです。それに恐れながら申し上げますが、ノア様の判断は少々早計ではないかと……」

「どういう意味だ？」

苛立ちも露わに聞き返すノアに対し、ロベールさんは一切動じずに言葉を続けた。

「原石を見極める目が今ひとつ足りていないご様子です。確かに、今のままでは想像しづらいでしょうからしばしお待ちを。シオンさん、一緒に来てくださいますか？」

そう言うが否や、ロベールさんは僕を連れて書斎を後にした。

「何か、いい考えがあるんですか？」

訊ねるとヴィラール家を取り仕切る老執事は、余裕のある微笑みを浮かべた。

「そうですね。私が見たところ、ノア様の許可を得るのはそう難しくありません。少々形を整えて差し上げればいいかと」

形とはなんだろう？　よくわからないまま通されたのは、ロベールさんの私室だった。

「さて、ではどうぞこちらへ」

はじめに、鏡台の前の椅子に座るように促された。白い大きな布で僕の首から下を覆うと「少し髪を整えさせていただきますね」と断り、鮮やかにハサミを動かし始める。

これまで適当に切っていた髪が、ロベールさんの手で綺麗に揃えられていく。

次にロベールさんは衣装棚から、大切にしまわれていた服を取り出す。

「こちらに着替えてください。長く寝かせておいたものですが、手入れはしていたのでご安心を。テイルコートとトラウザーズ、シャツとベストとベルト。一式揃っています。タイは着替え終わるまでに吟味しておきます」

着替えるためにバスルームを借りて、渡された服に袖を通すと、新品同様の衣装は、まるで年代を感じさせなかった。サイズも採寸したのかと疑いたくなるほどぴったりだ。

「ロベールさん、この服とても動きやすいですね」

感動を伝えると「そうでしょう？　おまけにとても暖かいんです」とにこやかに答えながら、テーブルの上に沢山のタイを並べているところだった。

「すごい数ですね」

「気分に合わせて変えたくなるので、集めているうちにこんなに増えてしまいました」

そしていくつかを試すように僕の首元に当てがい、深緑色のクロスタイを合わせたところで手を止めると「これが良さそうですね」と頷く。

選んでくれたタイを身につけ、最後に白い手袋を装着すると、姿見に映る自分はきちんと執事に見えた。

「とても良くお似合いです。これならばノア様もたやすく意見を変えるかと。後はそうですね……私が手を叩いて合図をしたら、ノア様の前でゆっくりと回ってみせてください」

謎めいた指示にひとまず同意し、僕たちは再度戦いを挑むつもりで書斎に戻った。

ノアは素知らぬ振りを貫くつもりなのか、書斎机で書類と向き合う姿勢を崩そうとしなかった。けれど僕が目の前に立つと、無視しきれなくなったのか、ため息をつく。

「あのな、何度来ても無駄……」

億劫そうに顔を上げたが、僕を見た途端、口を開けたまま固まる。

その反応に不安を募らせていると、ロベールさんがノアに解説を始めた。

「僭越ながら、シオンさんの執事としてのイメージを、少々整えさせていただきました」

そして小さく手を叩く。合図を受けて、僕はノアの前でゆっくりと回転した。これにどんな意味が……と疑問に思っていると、ロベールさんがよく通る声で続けた。

「ご覧ください、この完璧な燕尾服の着こなし。姿勢の美しさ、優美な所作、すらりとした手足に気品ある面立ち。まさに執事として十年に一人の逸材と申しましょうか。ノア様、一言許可をお出しになれば、この姿のシオンさんが毎日隣にいる日々が、もれなくついてくるんですよ？」

そんな煽り文句がノアに刺さるのか疑問だったが、意外にも葛藤の様相を見せている。

「確かに悪くない……だが、執事だと結婚に障害がでるんじゃないか？」

執事という役職は、生活の全てを主人に捧げるように求められる。結婚は引退してから、なんて話も聞いたことがある。だが僕の場合は結婚どころか一寸先が闇なのだから、ノアが気にする必要なんてない。そう申し出るべきか迷っていると、ロベールさんが小さく笑った。

「確かに、昔は厳しい規律もありましたが、近年では主人の采配次第です。それに主従といっても様々な間柄がございますからね」

ノアは深く考え込むように眉を寄せていたが、もう一度僕を観察しながら、ぽつりと零すように「採用」と呟いた。

驚きに瞬くと、ノアもしまった、とばかりに瞬いている。もしかしたら言い間違えただけかもしれないが、許可は許可だ。

ロベールさんと顔を見合わせて喜んでいると、ノアが水を差した。

「だが、無理だと判断したら即座に辞めさせるからな」

つまり、役に立たなければ解雇も辞さないということだろう。やはり永久雇用なんて口約束は信用しないに限る。

「そうならないよう、精一杯努力させていただきます」

挑むように言い返すと、ノアは一瞬物言いたげに僕を見た後、書斎を出ていった。姿が見えなくなってようやく安堵の息をついた。

なんとか希望が繋がった。この機会を有効に使わない手はない。

僕は早速、気合を入れて仕事に励むことにした。

とはいえ、慣れない仕事だ。最初は失敗続きだった。

比較的簡単な家政の仕事から教えてもらったのだが、新聞にアイロンをかけては焦がし、お茶はトレイごとひっくり返した。

ところがノアは叱りもせず、感情の読めない目を向けるばかりだった。

「それで？　まだ続ける気か？」と訊いてはくるが、腹を立てるそぶりさえ見せない。

おそらく、最初から期待してないという意思の表れなのだろう。

そのうえ、どうせすぐに音を上げるのだから覚える必要はないとばかりに、身の回りの世話を拒否し、僕が部屋に入ることを頑なに禁じた。

外出する機会も多いが、予定は教えてくれない。三日と置かず夜会に参加しているようだが、戻って来るとかなりの頻度でコートやスーツの一部が、焦げたり裂けたりしている。何をしたらこうなるのかとロベールさんに聞いてみたが、「昔から活発なお方ですから」という一言で片付けられてしまった。

納得できない不自然な状況は、ノアがテロリストだという可能性を際立たせていく。だがいくら探しても、屋敷のどこにも、テロ事件と関連するようなものは一切出てこない。ノアも僕に隙を見せようとしないので、結局この一週間でノアについて分かったことは、猫のアニエスに邪険にされていることくらいだ。

けれど彼は確実に何かを隠している。そう確信した僕は、あきらめずに手がかりを探し続けた。

同時にヴィラール家の、少し風変わりな環境を好ましく感じ始めた。

他の家との最も大きな違いは、リュカ様とノアが、日常生活に身分相応の威厳や格式を求めないことにある。

彼らの使用人への接し方には、家族に対するような親しみが込められていた。人数が少ない分、洗濯や食料の買い出しなどは外注業者に任せ、仕事の負担が大きくならないよう上手く考えられている。

環境が良いので過ごしやすく、皆仲がいい。僕のこともすぐに受け入れてくれたので、居場所ができたようで嬉しかった。そうすると、少しでいいからノアに、仕事で認めてもらいたいという欲が出てしまった。

できることを増やしたいと考えた僕は、ロベールさんに頼み、郵便物の管理や宛名書き、来客対応や備品のチェックといった業務にも携わらせてもらうことにした。

けれどノアは、僕のやること全てを良く思っていないらしく、強い口調で「もう休んだらどうだ」と忠告するようになった。かと思えば僕を呼び出し、特に急ぎではない用件を丸一日かけてやるように言いつけることもあった。

もはやノアが何を考えているのかわからない。早く辞めさせたくて仕方がないのかもしれないが、それなら最初から「採用」だなんて言わなければよかったのに……。

不満を募らせた僕は、より意固地になって働き続けた。

だけど無理は長く続かない。ある日の午後、書斎でノアにお茶を準備している最中、突如立ちくらみに襲われた。

床に倒れそうになったところを、異変に気づいたノアが支えてくれたおかげで怪我をせずに済んだが、自分の身に何が起きたのかわからず、困惑した。

「シオン、大丈夫か？」

ノアの顔が少しぼやけて見える。体勢を立て直そうとしたが、強く止められた。

「今日はもういいから、部屋で休め」

「平気です、少し立ちくらみがしただけですから」

「その状況なら、当然だろうな」

どういう意味だろうと瞬くと、ノアは手のひらを僕の額に押し当てた。

「熱がある。いつからだ？」

そういえば今朝はやけに体が怠かった。それに随分暑い日だなと不思議に思っていた。

「そういうことだったのか……！」

「冷静に納得するな！」

不調を自覚した途端急速に意識が遠のいたせいで、ノアの的確なツッコミに、返答することができなかった。


体調が悪い時は大抵悪夢を見る。そして目を覚ますと、訳もなく寂しい気持ちに囚われる。ただし今回は、誰かが優しく額に触れていたおかげで感傷に浸らずに済んだ。

心地のいい手は一体誰のものだろう。見上げると、傍らにいたのはノアだった。

慌てて起き上がろうとすると、ノアは厳しい表情で僕の額を押さえつけて、体を起こすのを物理的に阻止した。

「いいから寝てろ」

行動や言い方はぶっきらぼうだが、表情は心なしか優しい。

「倒れたのは覚えているか？　あの後、部屋まで運んで医者にも見せた。原因は過労らしい。だから休養しろと言っただろう」

ため息交じりに立ち上がり、そのまま遠ざかろうとするので、思わず手を伸ばした。

「待ってください、ノア様！」

腕を伸ばし服の袖を掴むが、勢いがつき過ぎてバランスを崩した。

ベッドから落ちて強かに膝を打つ。痛みもあるけれど、それ以上に鉛みたいに重い体の感覚に驚いた。

「おい、危ないだろう。怪我をしたらどうする」

ノアは膝を折り、僕を助け起こそうと手を伸ばしたが、丁重に断る。

「問題ありません。明日からの仕事にも支障はきたしません。だから、解雇の判断はもう少しだけ待っていただけませんか？」

頼み込むと、ノアは怪訝そうに眉を寄せながら、僕をベッドに座らせた。

「解雇？　なんの話だ？」

「無理なら辞めさせると言っていたでしょう。いつも厳しい目で見ていたし、僕の仕事ぶりが気に入らないのもわかっています。実際、あまり役に立てていないので」

ノアは一瞬押し黙る。そして、掠れた声で言った。

「違う……見ていたのは、おまえの所作が綺麗で、目が離せなかっただけだ」

「……え？」と瞬くと、ノアは言葉を選ぶように続けた。

「働きすぎだと危惧はしていた。うちに来る前は色々と大変だったはずだし、まずは環境に慣れるべきだと……だから休めと言った」

だとしたら、何度も「休め」と言っていたのは単に僕を心配しての発言だったことになる。

「つまりおまえは、俺にいつ追い出されるかと危惧しながら過ごしていたわけだな？」

今までの経験上、口約束はいつ反故にされてもおかしくないものだと思っていたが、ノアの場合は違ったらしい。

僕に真摯に向き合い、ノアは謝罪をした。

「睨んでいるつもりはなかった。言い方も悪かった……本当にすまない」

「い、いえ、僕が勝手に勘違いしていただけで……こちらこそ、すみません」

「おまえが謝る必要はない。俺の態度が誤解を招いただけだ」

目を伏せる様子は、怒っている……のではなく、罪悪感に満ちているように見える。

「ですが、意固地になっていた僕にも原因があります、ノア様だけが悪いわけではありません」

勝手に決めつけて、話し合う機会すら設けようとしなかった。申し訳なく思っていると、ノアはゆっくりと顔を上げた。

「この家と待遇に、不満はあるか？」

その問いかけに、僕ははっきりと首を横に振る。

「ありません。とても良くしていただいているし、皆さんもすごく優しいです」

「確かに、他の奴らとは随分打ち解けたようだが……そもそも、俺たちが率先して仲良くなっていないことが問題だ」

「なか、よく?」

意外な意見だと思ったけれど、ノアは至極真面目に頷いた。

「互いに遠慮がなければ、今回のような行き違いは防げた。それに俺はシオンのことが知りたい。何が好きで、何が嫌いか……もっと他愛なく話せたらと、いつも考えていた」

僕の内側に踏み込みたいと言われた気がして、落ち着かない気分になる。けれどノアの言い分は一理ある。執事として仕える上で、ノアのことを知らなくては話にならないし、彼について知れば、テロ事件の手がかりも掴めるかもしれない……。

「僕も同じ気持ちですが、具体的にどうすれば……?」

「そうだな。まずは一緒にいる時間を増やすのはどうだ? 共同で何かしたり、出かけたり。おまえのスケジュールを少し調整させてくれ。負担はかけないようにする」

特に異論はないので頷くと、ノアは僕の手を握り、さらに続ける。

「それから、俺は何があってもお前を解雇したり、この家から追い出すような真似はしない。今後は不安を感じさせない努力もすると誓う」

そんな提案までしてくれるとは。もしこの人が本当に犯罪者だとしても、仲間に対して情に厚いタイプのテロリストだと確信した。

「お気遣いをいただき、ありがとうございます」

「元はと言えば俺が悪い。だから手始めに、償いをさせてくれ」

償いだなんて大げさなと思ったが、ノアはサイドテーブルの上に薬と飲み水を手際よく準備した。

「おまえが体調を崩したのは、うちに来る前の疲労に加えて、俺が精神的に追い詰めてしまったことが原因だ。だから看病は俺がする」

言いながら解熱剤を手際よく僕の口に含ませ、介助するようにコップを口元にあてがう。飲み終わるのを見届けると、今度は浴室からお湯の入った洗面器を持ってきてタオルを絞り、僕の額や首筋の汗を拭いはじめた。

手慣れた動作だった。優しい力加減が心地いい。こんな風に看病されるのは、子供の頃以来かもしれない。

「どうだ？」

「はい、気持ちいいです」

素直に伝えるとノアは目元を和らげた。その優しげな表情に、思わずどきりとする。

「そうか。じゃあ次は、背中を拭くから服を脱いでくれ」

ノアはシャツの袖を捲り、再びタオルを湯に浸しながら当たり前のように言った。

熱のせいで聞き間違えたのかと不安になり、問い返す。

「ええと、なんですって?」

「シャツを脱げと言った。新しい寝間着に着替える前に汗を拭かないと、夜中に悪寒で目覚めることになるぞ」

正しい意見だ。けれど伯爵で雇い主でもあるノアに、そこまでさせるわけにはいかない。それに、他人の前で服を脱ぐことに少し抵抗があった。

「いえ、自分でやるので…」

「俺に看病されるのが不服なのは分かる。だが……どうしても駄目か?」

申し訳なさそうな様子を見るに、僕が倒れたことをかなり気に病んでいるらしい。歩み寄ろうとしてくれているのに断るのも悪い気がして、僕はボタンを外した。

「やっぱりお言葉に甘えて、お願いしてもいいですか?」

だが、肩を露出したところで気恥ずかしさに手が止まる。しかしノアは「もちろんだ」と言うが早いか、一瞬で僕を裸にひん剥いた。

もしこの世に「シャツ脱がせ選手権」なんてものがあるなら優勝するに違いない。

そう思わせるほどの手際の良さに困惑していると、ノアはぎしりとベッドに乗り上げた。そして僕を抱き寄せるような体勢で密着する。予想外の近さに緊張が走った。

「楽にしていろ、優しくするから」

耳元で囁きながら丁寧に、僕の背中にタオルを滑らせていく。頸から背骨を辿り、腰から脇腹へ。そして背中側を拭き終わると、今度は至近距離で向き合いながら鎖骨から胸へ、両腕は指先に至るまで上半身を余す所なく拭かれた。ノアの動作は迷いがなく、垣間見た表情も真剣そのものだ。どぎまぎしている自分のほうが邪な気がする。

「どうだ？　少しはすっきりしたか？」

「はい。だけど……なんだか申し訳なくて」

「おまえは俺の執事だろう？　養生してもらわないとな」

なんて献身的な雇い主だろう。熱で感傷的になっていたせいもあり、気遣いが嬉しくて涙ぐんでいると、ノアはもう一度タオルをお湯に浸しながら言った。

「さて、次は下だな」

「………なんですって？」

不穏な言葉に涙を引っ込めて問い返すと、彼は当然のように言った。

「全身汗をかいているんだから、下も拭かなくてどうする」

タオルを片手に迫り来る様子は、どう見ても本気だ。今度ばかりは拒否しようとベッドの上を後ずさる。

「さ、さすがにそこまでしてもらうのは……自分でするのでタオルを……あっ！　待ってください、そんなバカな！」

しかしノアは一切引かなかった。熱で弱った僕の抵抗などあってないようなもので、いとも簡単にベッドの上にうつ伏せに寝転がされてしまう。そしてシャツ同様、下半身の服も瞬時に剥ぎ取ってしまった。

突如尻が肌寒さに晒され、反射的に手近なもので覆い隠そうとしたが、腕をがしりと掴んで止められた。

「安心しろ、あまり見ないようにするから……！」

やけに鬼気迫る声だ。本当に？　と半信半疑で振り返ると、ノアは言葉とは裏腹に僕の尻を凝視している。いきなりの裏切りに衝撃を受けたが、ノアは我に返った様子で目を逸らし、何食わぬ顔でタオルを滑らせた。

極めて献身的な行為だし、今の僕には必要な処置でもある。けれど平常心ではいられず、ただひたすら枕に顔を埋めて耐えた。

腰から腿(もも)へ、膝の裏から足の先まで、当然、臀部もくすぐったいほど丁寧に拭かれた。

さらには腰を抱えるようにして前も同じように触られ、小さく呻く。仰向けにひっくり返されないことだけが幸いだったが、誰かに身体中、どこもかしこも触られるのは初めての経験だった。

いよいよ羞恥(しゅうち)で頭が爆発しかけた時、汗を拭い終えたノアの手が離れる。

脱がせるのが上手いと服を着せるのも上手いのか、あっという間に真新しい寝巻きを着せられた。サイズもぴったりで肌触りもいい。体もすっきりしたはずなのに、衝撃的な体験に心がついていかず、僕はベッドの上で呆然と膝を抱えた。

「他にしてほしいことは？　つまらない遠慮はするなよ」

彼は純粋に世話を焼いたつもりなのだろう。何もおかしなことなどなかったように、澄ました顔をしているのが解せない。

言い返す気力もなく、ないです、という意志を込めて首を横に振ると、「じゃあ、今日はもう寝ろ」と言いながら、横になるよう促した。

部屋の灯りを消し、オイルランプの火を小さく絞ると、冷たい水で濡らしたタオルを僕の額に当てた。見守る表情が、いつもより柔らかい。

「安心しろ。朝までそばにいるから」

まるで小さな子供に言い聞かせるような言い方だ。そんなことを期待していたわけじゃないのだが、やけに心に染みた。

恐ろしい人だと聞いていた。けれどもしかしたら違うのかもしれない。少なくともベッドサイドで僕を見つめる姿は、テロリストには見えない。それでも疑いが拭いきれないのは、怪しい行動が多すぎるせいだ。

だけど僕に対し献身的に接してくれたことも事実で、結局堂々めぐりのまま、意識は睡魔に飲まれて深く沈んでいった。

翌朝目覚めるとベッドサイドの椅子の上で、眉間に皺を寄せながらノアが眠っていた。なぜか僕の手を握っている。そのおかげで安眠できたのか、熱はすっかり引いていた。

額のタオルは、まだ少し冷たい。もしかしたら、小まめに変えてくれていたのだろうか。

体を起こすと気配を察したのか、ノアが目を開けた。

「起きたのか。具合は？」

「大丈夫です」

だがノアは疑り深く僕の額に大きな手を押し当てる。

「確かに熱は下がったな。顔色もいい。少しは食べられそうか？」

頷くと、ノアは部屋を出て行く。それを見送り、僕もベッドから降りる。昨日の不調が嘘のように体が軽かった。

カーテンと窓を開けると、眩しい日差しと共に柔らかい風が吹き込む。陽光に温められた土の匂いは、長い冬が終わったことを告げていた。

晴れやかな気分で外を眺めていると、程なくしてノアが戻ってきた。

「こら、薄着で窓辺に立つな、ベッドに戻れ」

言い方は命令口調だが、さして怒った様子ではない。おそらく彼なりの気の使い方なのだろう。従うと、ノアはトレイの上の美味しそうなパン粥を僕に見せた。

「これなら食べられそうか？」

牛乳でとろりと柔らかく煮込まれたパン。その上には半熟の卵が載っている。あまりにも美味しそうだったので、素直に頷く。するとノアは、慣れた手つきで皿を持ち上げ、スプーンで中央の卵を崩してくれた。程よく和えて一口分をスプーンですくい上げると、僕の前に差し出す。

何をしているのだろうと瞬くと、ノアはさらにスプーンを口元に近づけてくる。

「食べるんだろう？　口を開けろ」

そういう方法で？　と驚いたはずみで開いた口の中に、スプーンをねじ込まれた。

これも看病の一環なのか。それにしては甲斐甲斐しすぎるという疑問は、口の中に広がる美味しさに上書きされてしまう。

感激のあまり「んんっ」と声を上げると「もっと食べろ」と二匙目も当然のように口に運ぼうとする。つい受け入れかけたが、寸前で我に返った。

「じ、自分で食べられますから！」

熱は下がった。小さな子供じゃない。なんといっても恥ずかしい。けれどノアは頑なにスプーンを受け渡すのを拒む。

「遠慮するな。ほら、あーんだ、わかるな？」

半ば脅すように促され、抵抗を試みたがノアも引かない。この美味しいパン粥を食べる方法は、ノアの手を介する以外存在しないらしい。苦悩の末に欲望に負けた僕は、小鳥の餌やりのごとく、最後の一匙まで丁寧にノアに食べさせてもらった。

「看病だとしても、少し過保護すぎではないですか？」

しっかり食べ尽くした後でなんだが、一応意見を言うと、ノアは心なしか楽しげな表情を見せた。

「だが、互いの距離が少し近づいた気がしないか？」

その言葉を聞いて、ようやくノアの意図がわかった。

「……もしかして、昨日言ってた『仲良くなる』ために？」

「ああ。これからは食事と休憩はできるだけ一緒に取り、親交を深めたい。それで、おまえのスケジュールなんだが……」

紙とペンを取り出して書きつけたのは、僕の一日をグラフ化した図だった。

それによると、午前の仕事の合間にも小休憩があり、午後から夕食までのほとんどが自由時間、さらに夕食が終わり概（おおむ）ね雑務が片付く午後八時には勤務終了と記されている。

「そんなバカな……！　こんなに緩いスケジュール、許されるはずが……！」

「バカなのは今までのお前の働きぶりだ。そもそも休憩は？　きちんと取っていたか？」

「それはその、合間合間に……少しずつ」

口ごもるとノアはほらみろ、と言わんばかりに目を細める。

「いいか、うちの仕事はわりと緩い。父も俺も堅苦しいのが嫌いで、自分のことは自分でやる。俺の執事になるつもりなら、程よく働き、適度に手を抜き、存分に休むことを覚えろ。残業は禁止、空いた時間は自分のために使え。それと公休だが、俺が休みの日はおまえも休みでいいか？　給金はこれくらいでどうだ？」

さらりと書き加えられた金額に言葉を失う。

「こ、こんなに頂くわけにはいきません！　既に衣食住は保証してくれていますし……」

「適正価格だ。それに実のところ、おまえは俺が手を貸してほしい分野に関して、重要な知識を持っていると聞いている……裏庭をどうにかしたい。力を貸してくれ」

真剣な表情から、ノアが例の裏庭の改善に本気で取り組んでいることが伝わってくる。

「なぜうまく花が育たないのか教えてほしい。これまで何度か専門家に手紙を送ったが、俺の普段の行いが悪いせいか、取り合ってすらもらえなかった。実践的な助けが得られるなら、講師料としても安いくらいだ」

悪名轟くヴィラン伯爵が、花の育て方を知りたいと言ったところで、相手は何かの間違いだと思ったのかもしれない。これほど真剣に助けを求められては、断る気になれず、僕にできる限りのことをすれば、給金との釣り合いが取れるかもしれないと思った。

「わかりました、引き受けます」

応じると、ノアは心なしか嬉しそうに頷いた。

「ありがとう。では、契約成立の証として……」

ノアは僕の左手を取り、薬指の付け根に軽く唇を押し当てた。

予期せぬ行動に「ふぁっ」と声を上げて手を引くと、ノアは不思議そうに眉を寄せた。

「どうした?」

「いやその、だって、どうしていきなりキスするのかなって……」

動悸がする胸を押さえながら訊ねると、ノアは当たり前のように頷く。

「言ってなかったな。我が家では大切な約束事を取り交わす時、サイン代わりにキスをすることが多い。挨拶や、感謝、敬意を示す場合もする。習慣だと思って慣れてくれ」

「そ、そんな習慣、聞いたことがないんですが……」

「我が家独自のものだ。俺も昔から、ごく当たり前にしている」

とんでもない習慣に言葉を失っていると、ノアは挑むような目で僕を見た。

「早く慣れてもらわないと話にならない。仕方ないから、おまえには少し多めにしよう」

適度な頻度でお願いしたかったが、ノアは話を切り上げて立ち上がる。

「さっそくで悪いんだが、庭に行って意見を聞かせてくれないか?」

「は、はい。では準備をしますね」

頷いた途端、ノアはもう一度僕の手に流れるような動作でキスをした。

反射的に「ふぉっ!」と声を上げて手を引くと、ノアは僕の反応にため息をつく。

「なるほど、先は長そうだ」

　過度なスキンシップは僕の人生には存在しなかった。これに慣れるだなんてできるのだろうか。

　一抹の不安を覚えながら着替えを済ませ、屋敷の備品倉庫で必要なものを揃えてからノアと一緒に裏庭に足を運んだ。あの後も何度か訪れていたが、相変わらず芽生えの兆しすら見えない荒地は、時間の流れから置き去られているかのようだ。

「去年は、植えたものが全て枯れたと聞いたのですが……」

「珍しく長雨が続いた頃、多少育っていた花が全部枯れて白っぽくなった。元々の枯れ草の残りも目立っていたので思い切って火を放ったんだが……まずかったのか？」

「かなり思い切った手段ではありますが、実はそう悪い方法ではありません」

　農作地の火入れは、菌や害虫を駆除するために使われる立派な農耕法だ。

「植物が白化したのは、おそらくカビが原因でしょう。火を入れたことで一掃できているし、灰が養分にもなる……ただし、家の敷地でやるのは危ないので、今後は禁止です」

　万が一、屋敷にまで火の手が及んだら大変だからと伝えると、ノアは素直に頷く。

「まず、土の状態を調べてみましょう。サンプルを採取して調査に出していいですか？」

「もちろんだ、やり方はシオンに任せる」

許可を得て、僕はまず温室のそばの土を採取することにした。備品庫から持ってきた空の紅茶缶を並べる様子を、ノアは興味深そうに見ている。

「ええと、やってみますか？　表面から少し下の土を、缶に入れるだけなんですが……」

紅茶の空き缶は即席の保存容器だ。密閉度が高く、大きさも丁度いい。小さなスコップを片手に手本を見せると、ノアはすぐに作業に取り掛かる。その様子はまるで勤勉な生徒のように真剣だった。

「この庭、昔はどんなだったんですか？」

「敷地一面に花が咲き乱れていた。全盛期はそれは見事なものだったんだぞ」

現状からは想像もつかない。困惑が顔に出ていたのか、ノアは微かに笑う。

「元々母の庭だったのは聞いただろう？　整然とはしていなかったな。むしろ秩序なく色彩が入り乱れて、絵の具をでたらめにぶち撒けたみたいで、俺は好きだった」

その説明から、彼がこの庭に愛着を持っていることが伝わってくる。

「だが、一度この屋敷を手放したときに、朽ちてしまった」

ノアは手を動かしながら、少しだけ表情を暗くした。

「もう何年も前のことだ。母が亡くなったばかりの頃、当時ソレイユ陸軍の将官だった父に指令が下った。内容は海外周遊という名目で国外に赴き『ソレイユに世界大戦の口火を切らせようと画策した黒幕を暴け』というものだった」

それは、古参の貴族たちが保身に走った挙句、押し付けられた任務で、いつ命を落としてもおかしくないほど危険なものだった。

ノアは、奥様を無くし悲しみの淵に沈むリュカ様を一人では行かせられないと考えて、軍に志願し、上官を補佐するという名目で同行を決めた。

おそらく無事には帰れない。そう考えた二人は、屋敷を手放す決断をして旅立った。

「使用人はほぼ全員解雇し、屋敷は売るようにロベールに言付けた。ソレイユを出て、欧州、中東、東アジアと、色々な国を巡った。任務で何度も死にかけたが、珍しいものを見て回れたのは悪くなかった」

丁度ノアが国外へ出向いた頃、世界各地で不穏な事件が起きていた。

例えば欧州の某国の皇太子行方不明事件、某帝国の提督暗殺未遂騒動、東アジアの貧民窟砦の崩落。もしノアがそれらの事件に任務として関わったのだとしたら、恩人が言っていた「各国で起きた事件と関わりがある」というのも意味合いが変わってくる。

「ところが、俺と父は無事に任務をやり遂げてしまった。晴れてソレイユに帰還することになったが、帰る場所がない。試しに屋敷がどうなっているか見に来たら、不思議なことに誰の手にも渡っていなかった。しかも当たり前のようにロベールが出迎えるから、どういうことだと問いただすと、屋敷に残していた三人、つまりロベールとルーイとテオだが。彼らは『全く売れないもんだから、趣味で手入れを続けていた』と言った」

ノアは当時のことを思い出し、可笑しそうに笑う。

「手入れをしているなら売れないわけがないだろうと聞くと『ある日突然大勢の使用人が消えた』だとか『魔女の呪われた庭がある』だとか、妙な噂が広がったせいで、買い手がつかなかったと言う。思うに、最初から売りに出してなかったんだろう。おかげで帰る場所を失わずにすんだというわけだ」

僕が聞いた屋敷の噂の真相は間違いなくそれだ。ロベールさんのことだから、ノアとリュカ様が帰ってくる可能性に賭けたのかもしれない。見事な采配に、僕も口元が緩んだ。

「屋敷は変わらずに迎えてくれたが、俺と父が家を出た後、なぜか裏庭が勝手に枯れ始めたらしい。ロベールたちがどんなに手を尽くしても、手の施しようがなかったという」

確かにヴィラール家の中で、この庭だけが不自然に荒涼としていた。

「父が任務を受けた時、屋敷から離れたほうが母の思い出に囚われずに済むと思った。だが……今は少し後悔している」

ざくりとスコップを地面に突き立てると、ノアは缶の中身を確認する。

「この朽ちた庭は、まるで父が家を離れたことを寂しがった母の心の有り様のようだ。父も荒れ果てた庭を見て泣いていた。だから元の光景に戻したい。今のところ失敗続きで草一本生える気配もないし、俺の独りよがりだけどな……」

言いながらノアは土でいっぱいになった缶を差し出す。それを受け取りながら、彼もまた、父親のために大切なものを取り戻そうとしていることに、親近感を抱いた。

「独りよがりじゃないと思います。リュカ様は、ノア様が庭の手入れをしてくれていると、嬉しそうに話していました。僕も素敵な考えだと思います」

ノアは心なしかむず痒そうな表情で「そうか」と呟く。

僕たちは、広い庭の何箇所かで同じように土を缶に詰めた。一つ一つに日時と採取場所を書いたラベルを貼り、僕がいた大学の、友人の研究室宛に送ることにした。

そしてもう一つ、庭を復元するためにどうしても知らなければならないことがある。

この国の造園で主流とされているのは、整形式庭園だ。植物で左右対称の模様や線を描く整然とした美しい庭だが、先ほどノアが言ったイメージとは結びつかない。

「例えば、敷地のどの辺りにどんな花が咲いていたか覚えていますか？」

「どこにというか、とにかく敷地いっぱいに咲き乱れていた。初夏から秋まで、次から次に咲くもんだから、子供の頃は不思議で仕方がなかった」

だとすると、寄せ植え方式かもしれない。花壇や敷地に様々な花苗を植えていくので、多彩で美しい庭ができる。けれどこの敷地全てを、しかも「秋まで次々に」というからには季節ごとに花を植え替える必要があり、かなりの労力だったはずだ。

「奥様と懇意にしていた造園業者がいたのでしょうか？」

「人は雇っていなかった。かといって俺や父や、使用人たちが手伝ったこともほとんどない、自分の庭だから手出しはするなと、いつも一人で作業をしていた」

となるとこれもまた違う。一人で手入れできる範囲で、様々な花を咲かせる手法となると、ある程度やり方は絞られてくるが、元の状態を知らないのでいまいち確信が持てない。それに植えられていた花の種類も知る必要がある。庭に痕跡が残っていればよかったが、ノアが焼き尽くしてしまったので、そこから探ることも不可能だ。

「写真や絵が残っていればヒントになるんですが……」

「そういったものが出てくるかはわからないが、温室に何かあるかもしれない」

僕らは顔を見合わせ、一縷（いちる）の希望にかけて温室に足を踏み入れた。

中は相変わらず埃っぽく、ここだけ時が止まっているかのようだ。ノアは少しの間、記憶を辿るように室内を見回していたが、ふと思い出したように一番奥のガラス窓を押す。換気用の小窓なのだろう。軋んだ音を立てて開いた隙間から、気持ちのいい風が吹き込む。その途端、机の上に置かれていた紙片が舞い上がった。僕めがけて飛んできた一枚を咄嗟（とっさ）に受け止めると、日焼けしたメモ用紙には、細かな文字が書き込まれていた。

「それはなんだ？」

「何かのレシピのようです」

ただし、料理に使うとは思えない材料や、工程が記入されている。

「こっちにもまだあるぞ」

見ると、同じようなメモが何枚も、机の壁面にピンで止められている。掠れた文字の中に、いくつかの植物の名前が判別できた。

「奥様は、ここで何かを作っていませんでしたか？」

「そう言えば……時折鍋を火にかけて怪しげに笑っていたな。子供の頃、気になって近づいたらこっぴどく叱られて、それ以来遠巻きにしていた」

ノアは順に戸棚を開け、手がかりがないか探し始めた。ほどなくして何を見つけたのか目を瞠（みは）り、恐る恐る手を伸ばす。

「シオン、これはなんだ？　毒草か？」

麻紐でひとまとめにされた黒ずんだ枝葉。怪しい見た目に緊張したが、確かめてみると、ただのローズマリーだった。

「いいえ。乾燥しすぎて見た目が少し怖いですが、薬膳にも使われる植物です」

けれどノアは半信半疑といった様子で、僕と枝葉を交互に眺める。

「一般的なハーブの一種ですよ。お茶やアロマオイルとして使うと集中力が増しますし、精油は肌荒れや髪の保護にも効果が……あっ！　もしかして……」

先ほどのメモにもう一度目を通す。掠れた文字を注意深く読み取り、改めて温室の中を見回して確信を抱いた。

試しに目星をつけた戸棚を開くと、ガラス瓶がずらりと並んでいる。中には乾燥した花や葉、粉末なんかが入っていて、一つ一つ丁寧にラベルが貼られている。

「ラベンダー、ペパーミント、レモングラス、岩塩、重曹、クエン酸……」

「なんの呪文だ？」

「素材の名前です。それにこの道具……奥様は入浴剤や石鹸を作られていたのでは？」

「なんだと？」

「このメモ用紙に書いてあるのは、おそらく入浴剤の作り方です。庭で育った花やハーブを使っていたみたいですね。ノア様が怒られたのは石鹸を作る際、苛性ソーダという劇物指定薬品を使うので、危ないから離れていなさいってことだったのかもしれません」

思いもよらない答えだったのか、ノアは瞬きながら、改めて温室の中を見渡した。

「それにこの道具、かなり本格的に色々作られていたんじゃないでしょうか」

見た限り、道具はどれも使い込まれているが、丁寧に手入れされている。さらには机の引き出しの中から、かつて庭に咲いていた草花を採集した植物標本が出てきた。

一つ一つ丁寧に、花や実、葉の名称と効能を書き記してある。それは、ヴィラール家の女主人が、この庭を大切にしていた証拠だ。

「なんて美しいんだろう……これなら、どんな花が咲いていたか大体わかります」

高揚しながら顔を上げると、ノアも嬉しそうに僕を見ていた。

「では、引き続き協力を頼む。ついでにこの温室の手入れもしたい。いい休憩場所になるだろうし、母もおまえが使う分には文句はないはずだ。手伝ってくれるか？」
その申し出に、僕は迷わず頷いた。

僕たちは今後の段取りについて話し合い、ひとまず今できる作業から取り掛かることにした。その中ですぐに気づいたことがある。ノアは何をするにも飲み込みが早い。農機具の使い方は少しの説明で簡単に覚えたうえに、どんどん効率の良いやり方を見つけて実践していく。身体能力が高く、力仕事もあまり苦にならないようだ。

それに、僕の説明をきちんと聞き、わからないことは素直に質問してくれるので指南がしやすい。庭の作業において僕が講師なら、ノアは優秀な生徒だった。

昼まで作業をした後、一緒に昼食をとった。執事が主人と食事を共にするのは、改めて考えてみるとおかしな気もするが、ノアは全く気にしていない。それどころか、またもや僕に手ずから食べさせようと試みて、スプーンの奪い合いになった。

今回はどうにか権利を勝ち得たけれど、ノアが少し不満げなのが解せない。
「午後の仕事はほどよく手を抜け。ただし三時になったら執務室にお茶を持って来い。俺とおまえの分をな」

昼食を終えると、緩い命令を残して書斎に籠るノアを見送り、言われた通り程よく、作業の合間に息をつく時間を設けた。三時きっかりにお茶を持って行くと、ノアはチェス盤を準備して待ち構えており、対戦を求められた。

チェスにはかなり自信がある。そう前置きすると、ノアは「本気が出せるな」と笑った。

事実、勝負を始めると、互いがかなりの好敵手だと分かり、盤上で白熱した戦いを繰り広げた。そして真剣勝負の末にどうにか勝つと、ノアも面白かったのか「もう一度」と強請る。

チェス盤を挟んで向き合うと、僕らはまるで対等な友人みたいだった。


ノアと過ごす時間に慣れ始めた頃、温室の掃除と修繕が終わった。

最後の仕上げに新しいソファを運び込むと、抜群に居心地が良くなった。

室内はシャツ一枚で過ごせるくらい暖かくて過ごしやすい。僕とノアは互いの頑張りを労いながら、用意しておいた冷たいお茶で一息つくことにした。

「そういえば、今朝、お前宛に届いていた」

ノアが差し出したのは一通の手紙で、大学の友人の名前が記されている。封を開けると思った通り、先日送った庭の土壌調査の結果報告だった。ただし冒頭は学校を辞める際、慌ただしく消息を絶った僕に対する心配と少しの恨み言。そして、居場所がわかったことへの心からの安堵が、ユーモアたっぷりに綴られている。

優しい言葉の数々に思わず表情を綻ばせると、ノアが掠れた声で訊ねた。

「その手紙の相手は、元恋人か？」

突拍子もない質問だった。不思議に思い見上げると、ノアはなにやら鬼気迫る表情を浮かべている。

「いえ、大学の友人からです。農芸化学科のマルセル・デュークと言います。土壌改良の革命家と謳われるエキスパートで、頼んでいた庭の土の成分調査の結果と、改善策として自作の改良剤を送ってくれるそうです」

待ち望んでいた返信のはずなのに、ノアの反応は薄い。表情も硬いままなので、もう少し詳しく説明すべく、成分表がよく見えるように体を近づけた。

「ほら、ここを見てください。土の酸度が異様に高い数値を示しているでしょう？　それに細菌の数値も。これに加えて水はけの悪さも相まって、植物が育たなかったようですね。この数値……冬虫夏草の育成に適しているかも。知ってますか？　東方に伝わる貴重な薬の材料で、世界三大妙薬と呼ばれている素材なんですけど。以前、僕も人工栽培の方法について、論文を書いたことがあって……」

夢中で話しながら顔を上げると、思いの外近くでノアと視線がかち合った。

オペラ座でぶつかった時を彷彿とさせる距離に、慌てて離れようとしたが、ノアは驚いた様子で僕の肩を掴み、ぐいと体を引き寄せた。

「これは……何の匂いだ？」

「匂い……もしかして入浴剤でしょうか。ここ最近、奥様のレシピを再現したものを試用していたんです」

温室の整理を進めると、さらに多くのレシピが出てきた。入浴剤の他にも石鹸やハンドクリーム、化粧水など、どれも考え抜かれた成分配合で、亡き奥様の情熱が感じられるものばかりだ。幸い道具は揃っているし調合の工程も楽しくて、自由時間はレシピの再現に費やしている。そして完成したものに問題がないか、自分で試しているところだった。

「温室の材料は年数が経っていたので新しく取り寄せました。効能は肌荒れ、保湿、血行促進、それと香りによるリラックス効果で……」

するとノアは、我を忘れたように、僕の肩に鼻先を埋めた。

「本当だ、ものすごく落ち着く……！」

驚いたように言いながら、過呼吸になりそうなほど長く息を吸う。

「そ、そうですか？　オレンジやジャスミンが入っているからかな……」

戸惑いながら答えると、腰の辺りが急に肌寒くなる。見るといつの間にかシャツのボタンが外されていて、乱れた衣服の下からノアの手が滑り込んできた。

「この手触り……これが保湿効果のなせる技だというのか……？」

僕の脇腹を熱心に探りながら、入浴剤の効能にいたく感激しているようだ。香りについても相当気に入ったのか、全く離れる気配がない。それはいいのだが、ノアの指先が徐々に上に向かって移動し始める。背骨をなぞられると、ぞくりと腰が疼いて焦った。

変な気分になりそうだ。けれどそんな反応をするのはおかしい。じっと耐えていたが、熱い指先が背中の皮膚に食い込んだ途端、先ほどよりも強い痺れが体を貫いた。

これ以上はダメだと、ノアの体を押し返す。けれどノアは力を緩めない。僕の焦りになど気づいていないのか、触れ方はもはや情熱的な愛撫のようだ。

どうしよう、と戸惑っていると、ノアはもう一度、僕の首筋に鼻先を埋める。続けて唇が首筋に触れ、味見でもするかのように甘噛みし、ぺろりと舐めて、おまけに吸われた。

「あっ……！」

堪えきれず声を上げると、ノアが我に返ったように離れる。羞恥と困惑に、視界を滲ませながら首筋を押さえると、ノアは動揺した様子で言い訳をした。

「その、香りが甘くて、つい味が気になってだな……蜂蜜も入っているのか？」

「甘味成分は入ってません！」

「じゃあ、どうしてこんなに甘いんだ！」

反省しているのかいないのか、怪訝そうな表情を向けてくるが、それよりも僕は変な声を上げてしまったことが恥ずかしくて仕方がなかった。顔の熱はきっと隠せていないだろう。

堪らず目を伏せた時、外から僕を呼ぶ声がした。

「シオンくん、いるー？」

リュカ様の声だと気づいて、反射的に立ち上がる。

「は、はい！」

温室を飛び出そうとしたが、寸前で服装が乱れていることを思い出した。見事に全部外されたボタンを急いで留めようとして、途中でかけ違いに気づく。もたもたしているのを見かねたのか、ノアが手を貸してくれた。

「別に、父は何も言わないと思うが……」

確かにヴィラール家は寛容な家風だし、ノアもリュカ様も寛いだ格好を好む。僕自身、厳しく言われたことはないが、最低限の礼節を守るのは執事として当然の義務だ。

「こういうことはきちんとしたいんです」

仕立てのいいシャツほど、綻びがあると目立つ。それにしてもどうしてノアは、ボタンを外すのがこんなに早いのだろう。物言いたげに見ると、彼は神妙な顔で瞬く。

「なるほど……すまなかった。ちゃんとする」

何かが噛み合っていない気がしたが、ノアは僕の襟を丁寧に正してくれた。

「シオンくん、荷物が届いたよー」

その声に今度こそ温室を出ると、リュカ様が配送業者を二人引き連れて来るところだった。彼らが運ぶ台車には沢山の木箱が積まれている。中身を確認すると友人からの土壌改良剤で、受け取りのサインや置き場所の指示で一気に慌ただしくなった。

そんな中、ノアは「先に戻る」と言い残し、足早に庭を後にした。彼はつい先ほどの出来事など気にも留めていないのか、振り向きもしなかった。指先の感触が、今この瞬間も僕の背中にじりじりと焼き付いているなんて、気づいてすらいないに違いない。

午後の休憩時間の大半を自室で鏡を覗き込んで過ごしたのは、首筋に一点、虫刺されのように赤くなった箇所を見つけてしまったせいだ。幸い、時間を追うごとに目立たなくなっているので、このまま記憶と共に消えてしまえばいいと願った。

不思議なことに、されたこと自体は嫌ではなかった。むしろ気をぬくと、何度でも鮮明に思い出しそうになることに危機感を覚えた。雑念を追いやらなければと、温室から持ち出した材料と道具をテーブルの上に並べる。きっと作業に没頭すれば余計なことを考えずに済むはずだと思ったが、それすらも遮るように、力強くドアを叩く音がした。

「シオン、いるか？」

ノアはいつも勝手に入ってきて、後から思い出したようにノックを付け加える。どうしたのかと思議に思いながら出迎えると、ノアが畏まった様子で立っていた。顔を見た途端、先ほどの記憶が甦りかけたが、どうにか冷静を装って訊ねる。

「どうかされましたか？」

「休憩時間に悪いんだが、話がある。今から少し時間をくれ」

従うと、ノアは僕を連れて屋敷の最上階へ向かった。

いつもはあまり足を運ばない西側のテラスに出ると、丁度日が傾き始めた頃合いだった。高い場所からだと、美しい夕暮れ色に染まる長閑な丘陵地が一望できる。点々と散らばるようにいくつかの家があり、その先に「鉄の騎士」の雄大な姿。そしてその向こうに、王都が広がっている。

景色だけでも素晴らしいシチュエーションだが、いつのまに整えられたのか、テラスの一角にカーペットが敷かれ、白いソファが設置されていた。クッションにブランケット、周囲をランプやキャンドルの灯りが彩り、テーブルにはシャンパンクーラーまで用意されている。一体何が始まるのかと身構えていると、ノアは僕に座るよう指示した。

「突然悪いな。まずは……シャンパンでも飲むか？」

ノアはテーブルに伏せたグラスを差し出すが、妙な緊迫感に当てられて僕も緊張した。

「あの……もし大事な話があるなら遠慮しておきます。酔うといけないので」

ここまでするくらいだから、何か重要な話でもあるのだろう。察して促すと、ノアも覚悟を決めたのか、まどろっこしいことは無しだとばかりに僕に体を向けた。

「では本題に入ろう。お前の言う通り、ちゃんとするべきだった。遅くなってすまない」

そう言うが否や、真剣な眼差しで僕の左手を取り、薬指に指輪を嵌めた。

不思議なほどぴたりと合う銀の指輪は、中央に大きなトパーズが輝く、恐ろしく立派な

ものだった。しかも宝石には、ヴィラール家の紋章が精巧な技術で彫り込まれている。

「は……？　え？」

意味がわからずノアと指輪を交互に見ると、彼は僕の指先をぎゅっと握りしめた。

「ヴィラール家では代々、成人や結婚などの節目に瞳の色と同じ宝石で装飾品を作る。これは母の形見だが、俺なりの誠意の証だと思って受け取ってくれ。サイズも調整した」

ノアは以前「不安を感じさせない努力」をすると言った。紋章入りの指輪を贈ることで、僕の不安を取り除こうとしているらしい。

けれどこれほど立派なものを、一介の使用人である僕が持つべきではない。

「確かにぴったりですが……こんな大切なもの、いただけません。しかも伯爵家の紋章入りだなんて……」

とっさに外そうとすると、力ずくで止められた。

「我が家は遅くとも来年には爵位を返上するから、大袈裟に考える必要はないぞ」

「返上？　なぜですか？」

飛び出した不穏な言葉に瞬くが、ノアは大したことではないとばかりに続ける。

「任務を終えて帰国した際、功績を称えて望む報酬をくれると言うので、父と俺を軍から除籍してくれるよう頼んだ。陛下は認めてくれたが、古参の貴族たちが職務放棄だなんだと煩（うるさ）くてな。だったら爵位を返上すれば文句はないだろうと黙らせた」

「そんな……だって、ヴィラール家は何代も続いた歴史ある名家でしょう？」

「俺が任務中に死ねば途絶える家系だった。それに、もしまた面倒事を押し付けられたらたまったもんじゃない。世の中の流れも変わってきているし、いい機会だ」

技術の躍進により生まれた新しい時代の波。順応できない人々が淘汰（とうた）される一方、軽快に波を乗りこなしている人もいる。

先代国王も随分前からこうなることを見越しており、時が来たら国の仕組みを時代に沿ったものに変える必要があると訴えていた。そのために尽力していたが、数年前、突然の事故で崩御（ほうぎょ）し、その意思を嫡男である現国王陛下が引き継いでいる。まだ二十代前半と年若い王だが、冷静で決断力があると、国内外から評価が高い。

「今の慌ただしさは最後の残り火みたいなものだ。ひと段落ついたら事業でもやりながら、好きに暮らすつもりだった。だが、いまいちやりがいが見出せずにいたんだが、おまえと出会って、初めて生きる意味を見つけたというか……そういった感謝も含めて受け取ってほしい。そして今後も俺のそばにずっといてくれないか？」

つまりは僕という人間を助けたことで、ノアが慈善的な意識に目覚めたと言いたいのだろう。そのうえ、今後も僕に執事としてそばにいてほしいというからには、働きぶりを見込んでくれているということだ。

正直とても誇らしい気分だった。その証だとしても指輪は過分な品に違いないのだが、ここまで熱望されて受け取らないのも申し訳ない気がする。

「……では、一時的にお預かりする、ということで」

屋敷を出るときに、きちんと返却しようと心に決めたが、ノアは首を横に振る。

「一生預かってくれ。俺が早死にして万が一路頭に迷うことがあれば、売って生活の足しにしろ」

売るだなんてとんでもないし、預かる以上大切にしたい。ただ、それほど大切な指輪をなぜ「左手の薬指」に嵌めたのだろう。一生という言葉やこの場所の雰囲気も加わって、求婚でもされているような気分になる。

落ち着かなくて、こっそりと左手から右手に指輪を付け替えた。しかしノアは目ざとく見つけ、有無を言わさず左手の薬指に戻そうとする。

「なぜ変えた？　定位置はここだ。勝手に外すな」

「定位置かどうかは置いといて、傷をつけては大変なので仕事中は外さないと」

「なら、普段使いのを用意するから、それまで待て」

いいな？　と念を押されて根負けすると、ノアは指輪の嵌まる薬指にキスを落とした。

恒例になりつつある行為だが、未だむず痒さを感じる。

けれど、ノアが嬉しそうに笑っているのを見たら、何も言えなくなった。

ノアの満面の笑みを見るのは初めてかもしれない。

いたずら好きの少年のように、くしゃりとした笑顔を向けられて、心臓が跳ねた。可愛いひとだなと目を奪われていると、ノアの瞳が、ふいに真剣味を帯びる。

「シオン」と呼ぶ声も心なしか硬い。そして慎重に距離を縮める様子から、ノアが僕に、いつもとは違うキスをしようとしていることに気づいた。

感謝のキスの最上級のやり方だろうか？　考えている間にも距離は近づく。けれどなぜか「逃げ出したい」とは思わない。自分の心のありように困惑し、いよいよ唇が触れそうになったその時。僕とノアの間に、ぬるりと白い毛玉が割り込んだ。

ソファの背もたれから顔を覗かせるなり、ノアの横っ面にパンチを繰り出したのはアニエスだった。ノアが「うっ」と呻いて仰け反った隙に、僕の肩に前足を載せ、頬に額を擦り付けてくる。

「アニエスごめん、今はおやつを持ってないんだ」

執事の仕事の一環で、アニエスのおやつ係を担うようになってから、随分と懐かれた。いつもは言えば聞き分けてくれるのに、今日はなかなか離れようとしない。遊んでほしいのかもしれないと思い、抱き上げて膝の上に載せると、ごろんと仰向けに寝そべる。愛らしい仕草に堪らず耳の付け根を撫でると、アニエスはご機嫌に喉を鳴らした。

するとー部始終を見ていたノアが、打たれた頬を押さえながら「このクソ猫……！」と忌々しげに呟く。だが、今の発言は聞き捨てならない。

「ノア様、アニエスはヴィラール家の大切な王女様です。その言い方はちょっと……」

「おまえ……いつのまにそんなに絆されたんだ？　騙されるな。それはあざとくて計算高い毛玉だ。屋敷の全員を魅了し、最終的に我が家を牛耳るつもりに違いない」

毛玉と言い切る口調には、明らかな敵対心が滲んでいるが、当のアニエスは「なんの話？」と言わんばかりの無垢な表情で僕を見上げている。

「牛耳るだなんて、考えすぎですよ」

「見たか？　今お前がかばった途端、ものすごくふてぶてしい顔をしたぞ。そいつは絶対に言葉を理解しているし、現におまえの膝の上も占領しているじゃないか……！」

警戒心をむき出しにしてアニエスを睨む。大人気ない態度に思わず笑いがこみ上げた。

「ヤキモチですか？　なんなら、ノア様も撫でてあげましょうか」

軽い冗談のつもりだった。けれどノアは真顔で「いいのか？」と訊ねるなり、アニエスを抱き上げ、テラスの扉の向こう側に念入りに隔離した。

そして足早に戻ってくると、「じゃあ、頼む」と僕の膝に頭を載せて、ソファに横になる。

これは、いわゆる膝枕という体勢ではないだろうか。

戸惑う僕をよそに、ノアは至極真剣に頭の位置を探っている。今更冗談とは言いづらい雰囲気だったので、ひとまず撫でることにした。

艶のある黒髪にそっと触れると、ノアは目を閉じて受け入れる。なんだかとても気持ちがよさそうだ。

同時に僕も夢中になった。ノアの髪質は柔らかで滑らかで心地よく、撫でる手が止まらない。思う存分わしゃわしゃしたい！　という欲望に駆られながら、必死に冷静を装う。

「ど、どうですか？」

「ものすごく癒されるんだが……！」

眉間の皺が解けていく。まるで人に懐かない猛獣が、僕にだけ心を開いてくれたみたいで嬉しくなり、つい言葉が口をついて出た。

「ノア様、他にしてほしいことはありますか？」

もっと何かしてあげたい。そんな気持ちがどこからともなく湧き上がる。ノアは、しばらくの間じっと考え込んでいたが、思いついたように僕を見た。

「お前が嫌じゃなければ、時々これを頼んでもいいか？」

「もちろん、いいですよ。他には？」

他愛のない頼みが可愛くてさらに促すと、ノアは懇願するように言った。

「……二人きりの時だけでいい、ノアと呼び捨ててくれないか。畏まられると距離を感じる。それが少し、寂しい」

これまでも何度かされた要求。立場上聞き流していたけれど、その理由がまさか「寂しい」からだなんて思いもしなかった。

主従である以上、本来は許されないことだ。けれどノアが寂しくないように努めるのは、悪いことではないはずだ。

「……わかりました、ノア」

親しみを込めて名前を呼び、頭を撫でると、ノアは満ち足りた表情で目を閉じる。

その様子を見ているうちに、やはり僕は思い違いをしていたのではないかと考えた。

一見怖い印象を受けるが、怒っているわけじゃない。言葉や行動の端々に優しさが潜んでいるし、わかりづらいけれど色々な表情を見せてくれる。そして飼い猫の生意気な態度に腹を立て、膝枕を強請り、寂しさを口にする。

ノアはごく当たり前の、人間らしい感情の持ち主に違いなかった。

その日を境にノアとの距離はさらに近づいた。

僕のために、家族に挨拶をしたいと提案してくれたのもノアだった。

実は僕はまだ両親と妹に、現状を伝えられずにいた。恩人から引き受けた仕事の内容を、母と妹は父伝いに知っているはずだ。なのに当の伯爵家にお世話になっていることを、どう説明すれば安心してもらえるのか……。

答えが出ないまま後回しにしていたが、ノアは雇用主として、両親宛に丁重な挨拶状を用意してくれると言う。それを後押しに、近況を書いた手紙と共に、連絡を怠っていたお詫びとして、自作の入浴剤を送ることにした。

日々は概ね順調に進んでいた。裏庭も、努力と友人のもたらした土壌改良剤のおかげで基盤が整い、植えられていた花の種類も植物標本やレシピから大方把握できた。

あとはどう植えるか、という問題が残っていたが、僕の推測だとこの庭は、種子を蒔いて育てた花で埋め尽くされていたのだと思う。

その考えを後押ししたのは、温室の奥から出てきた砂袋だった。細かな粒子の清潔な砂は、わざわざ地方の川砂を取り寄せたものらしい。

種蒔きの際、砂と混ぜて蒔く手法がある。広い敷地に均等に撒布するのに適したやり方で、混ぜる種の種類を増やせば、色彩が入り乱れる庭園が出来上がるはずだ。

ノアに相談すると、早速やってみようという話になった。

空の紅茶缶に、取り寄せた種子と砂を入れて蓋をし、思い切り振る。それを整えた土の上に蒔き、水を与える。大雑把な方法だが、ノアは大いに気に入ったらしい。

「母が好きそうなやり方だ。これでダメなら、来年また考えよう」

失敗しても、何度でもやりなおせばいいと言われた気がして嬉しくなる。僕はノアのこういった考え方に、何度も救われていた。

こんなことを言う人が本当に危険人物なのだろうか。

もしそうだとしても、僕の知らない真相が隠されているのではないか。

実に都合のいい発想だが、いつしかそうであってほしいと願うようになっていた。だからノアの部屋で、それを見つけた時、僕はひどく裏切られた気持ちになったのだ。

それは、久しぶりにノアが夜会に出かけた夜のことだった。風の強い日で、屋敷中の窓ガラスが小刻みに震えていた。

不安定な天気のせいか、夕食を終えると皆早々に部屋に戻り、僕は一人、ノアの帰りを待っていた。その時ふと、郵便物をノアの部屋に運んでいなかったことを思い出した。すぐに片付く簡単な仕事のはずだった。けれど、書き物机に手紙を置く直前、絨毯の端に足を取られてつまずいてしまった。

手を突いた衝撃で、机の上の資料が床に散らばる。慌てて拾い集めようとして息を呑んだ。

それは僕の古い写真と家族構成や生い立ち、エルメール家の事業について記された書類だった。

伯爵家が雇用する人間について調べるのは当然のことだ。だが、趣味や好物、交友関係にまで及ぶ資料は、少々念入り過ぎる気がした。

幸い、恩人のことは書かれていないようだが、例の銀行頭取と、デュマ伯爵については、素行から取引先まで、事細かに調べ上げられている。

じわりと嫌な汗をかきながら別の資料に手を伸ばすと、そこには僕の父が管理していた倉庫群の詳細や、少し前にテロ事件が起きた大聖堂とダンスホールの情報が書かれている。おそらく僕は今、探していた核心に触れているに違いない。急激に血の気が下がる思いがしたが、僕はノアと接して、彼が噂されているような「悪人」ではないという信念を持ち始めていた。僕に対する気遣いや態度も、演技のはずがない。

もし事件に関わりがあるとしたら、何か理由があるはずだ。

それを見つけたくて必死に資料を探した。けれど、疑わしい要素ばかりがどんどん増えていく。そして本の合間から滑り落ちたものを前に、言葉を失う。

床に散らばった無数の写真。それは夜会用の装いに身を包んだノアと、見知らぬ女性たちが、恋人のような距離で寄り添うものだった。

全て別の相手で、よく見ると女性だけではなく男性の姿もある。

皆どこか熱に浮かされたような表情でノアを見つめている。自分のささやかな微笑みが、相手の心をどれだけかき乱すのか、ノアもわかって応じているのだろう。

思い違いをしていた。ノアは誰にでもこんな表情をしてみせるのだ。

言葉にできない衝撃を受けながら写真を眺めていると、その中に、女性の膝に頭を載せて横になるノアの姿を見つけた。

別に、彼が誰と何をしようが僕に咎める権利などない。社交界での色恋沙汰も好きに楽しめばいい。

だけど膝枕は、僕とノアの特別なものじゃなかったのか……。

沸々とこみ上げる感情の名前すらわからないまま、僕は呆然と写真を眺めた。

「……シオン、何をしている」

背後から聞こえた声に弾かれるように振り向くと、夜会服を着込んだノアが、物言いたげに僕を見下ろしていた。

「どうした？　顔色が悪いぞ」

見てはいけない資料に囲まれて座り込んでいるのだから、言い逃れのしようがない。

けれど僕は、自分でも驚くほど平然と嘯（うそぶ）いた。

「散らかしてしまったので片付けていただけです。ご安心を、何も見ていません」

目を合わせず黙々と写真を拾う。その態度がノアの苛立ちを煽ったらしい。

「わかりやすい嘘をつくな、この状況で何も見ていないわけがないだろう」

僕の腕を痛いほど掴むと、無理やり立ち上がらせて視線を合わせようとする。

「何か誤解をしているようだが、いいか、これはだな……」

「誤解も何も、僕はただの使用人ですから、あなたが見なかったことにしろと命じれば、黙って従います」

頑なな声で言葉を遮ると、ノアの力が一瞬弱まる。その隙をついて腕を振り払おうとしたが、ノアは咄嗟に僕を壁に押し付けた。

「おい、話くらい聞け！」

一体何を話すつもりだろう。釈明か、それとも多数の相手と遊び歩き、僕以外にも膝枕をしてくれる人がいることを？　考えれば考えるほど、どす黒い感情が胸に溢れていく。

「聞く必要なんてない。あなたがどこで何をしていようとも、僕には関係ありません」

拒絶が口をついて出た。ノアは小さく息を呑むと表情を強張らせる。

まるで傷ついたような反応に、無性に心がかき乱された。見たくないものを見せられて、困惑しているのは僕の方だというのに。

「夜会に通っていたのが火遊び目的だというのは意外でしたけど。きっと相手を陥落させる手腕に、長けていらっしゃるんでしょうね」

混乱と訳のわからない感情がない混ぜになって、嫌味が口をついた。こんなことを言いたいわけではない。後悔したが、引き下がり方がわからない。

するとノアは乾いた笑いを漏らす。

「確かに、どんな相手でも、最後には喜んで俺に身を委ねるが……」

ちり、と焼けるような痛みが胸を襲う。一刻たりともこの場に居たくなくて、もう一度ノアの手を振りほどこうとした。けれどノアは余計に力を強めて、挑発的に微笑む。

「そんなに気になるなら、おまえも試してみるか？」

何を、と言い返そうとした途端、ノアは僕の顎を押さえつけて、唇を塞いだ。

抵抗したが、指で強引に口をこじ開けられて、無理やり舌をねじ込まれた。

熱い舌先が僕の舌を無遠慮に舐め上げる。初めての感触に、ひらすら混乱した。

腕を振り払おうとするがびくともしない。それどころか僕が暴れるほどノアも躍起になり、拘束が強まる。その間、口の中は余すところなく蹂躙（じゅうりん）され続けた。

歯列をなぞり、口蓋（こうがい）を愛撫し、舌を絡めて吸い上げる。

息ができなくて焦り、身体をよじると、暴れていると思ったのか、彼は大人しくしろとばかりに、両手で僕の耳を塞いだ。

途端、舌を弄ぶように吸い上げる音が、淫らに脳髄に響く。

頭の中を犯されているような感覚にさらに混乱し、必死にノアの手を外そうと踠（もが）く。

すると唐突に嵐が止んだ。どうやら僕が本気で酸欠に喘いでいるのを察知したらしい。

涙と涎（よだれ）にまみれて必死に酸素を吸い込む姿は、ノアにはひどく滑稽に映ったのだろう。

呆れた顔で呟く。

「呼吸は鼻でしろ……ていうかおまえ、キス、下手くそだな」

あまりにもデリカシーのない言葉に、渾身（こんしん）の力でノアの足を踏みつけた。

「うっ」と呻いて体勢を崩しながらも僕の腕を掴もうとするので、続けて脛（すね）に蹴りをお見舞いする。二段階の攻撃でようやく隙が生まれたので、即座に逃げ出した。

「ちょっと待て、シオン！」

苦悶しながら呼び止めるノアを無視して、部屋の入り口で振り返りざま言い放つ。

「次にこんなことをしたら、二度と口を利きませんからそのつもりで！　それと、明日からしばらくお休みをいただきます！」

力一杯扉を閉めて自分の部屋に閉じこもる。内側から施錠し、椅子やテーブルでバリケードを作り、窓際で膝を抱えて蹲まった。しばらくの間、ノアが扉を叩く音や、許しを乞う声が聞こえていたが、応える気になれない。

あんな方法で自分の手練れっぷりを知らしめるなんてあんまりだ。それに……。

手の中に無意識に握りこんでいた例の写真を改めて眺めているうちに、行き場を失った黒い感情が舞い戻ってきた。

屋上のテラスで交わしたやりとり。僕には心地よくて特別な時間だったけれど、ノアにしてみれば単なる戯れでしかなかったのだ。膝を貸してくれる都合のいい相手も、きっと大勢いる。僕が知らないだけで。

惨めな気持ちで立ち上がり、書き物机に向かう。引き出しからレターセットを取り出すと、衝動のままペンを走らせた。

恩人への定期報告と称して、握り込んでくしゃくしゃになった写真を同封する。これを明日投函（とうかん）する屋敷の郵便物に紛れ込ませておけばいい。

手紙に封をしてようやく、ほんの少し溜飲が下がった気がした。心が痛む余裕はない。自らの行動で招いたことだと、一つやり返した気分になる。

なぜこれほど攻撃的な感情に突き動かされているのかを自分でもよくわからない。けれど怒りとも悲しみともつかない思考に、どこまでも支配されていた。

勝手に仕事を休み、冷戦状態のまま三日が過ぎた夜のことだ。

夕方、夜会に出かけたはずのノアが、予定より随分早く帰ってきた。

途中で適当に切り上げてきたのかと思ったが、エントランスから口論が聞こえる。気になって階下を窺うと、ロベールさんがノアに説得を試みているようだ。

「そう言わずに、すぐにでも医者を呼ぶべきです」

不穏な言葉だった。けれどノアは脱いだコートをロベールさんに押し付けながら「この程度なら大丈夫だと、いつも言っているだろう」と、階段を上り始める。

間抜けにも三階の下り口に佇んでいた僕は、ノアとまともに鉢合わせしたのだが、三日も話していなかったのでとっさに言葉が出てこない。ノアも同じなのか、一瞬立ち止まるが「今帰った」とだけ言葉を残して通り過ぎていく。

結局声をかけずに見送ったが、顔色が悪いように見えた。ロベールさんとの会話も気になり、不安が強まる。

実のところ、僕の中で燃え盛っていた怒りは、三日で随分と落ち着いていた。ノアが、僕に歩み寄ろうとし続けたからだ。

あんなことがあった翌朝、ドアの向こうで謝罪し、「朝食を一緒にどうだ」と律儀に声をかけてきた。僕が無言を貫くと、いつの間にか部屋の前に食事が用意されていて、謝罪のメッセージが添えられていた。それが毎日毎食、欠かさず続いた。

「昨日は言い過ぎた」だとか「ちゃんと食べろ」といった優しい言葉に、自分がひどく幼稚な態度を取っている気がして情けなくなる。

同時に、冷静になってみると、あの写真には不自然な点があったことに気づいた。どれもノアと相手がいい雰囲気に見える写真だったが、そもそもあの写真を撮ったのは誰なのだろう。ノアが何かしらの火種になりそうなものを保管しているのも変だ。

意固地にならずに話を聞けばよかった。そう思うと余計にノアのことが気になり、僕は迷いを振り切ってロベールさんのもとへ向かう。

「すみません、先ほど気になる会話が聞こえたのですが……」

ロベールさんはノアの態度に困り果てていたが、僕を見て閃いたように瞬く。

「そういえば、シオンさんは大学で薬用植物学を学んでいましたよね？　応急処置などのご経験は？」

「あります。授業で習った程度ですが」

薬用植物学の応用として、病理学や応急処置の受講は必須だった。簡単な切開や縫合を含め、一通り実技も学んでいる。

「実は、ノア様が出先で怪我をされたのですが『かすり傷だ』と言って、治療を受けてくださらないのです。国外を巡っていた時、怪我が絶えず、ご自分で対処していたせいか『かすり傷』の概念が一般的な範疇から外れてしまっているようで……」

言いながらノアのコートの袖口を差し出す。黒い生地で分かりづらいが変色しており、触れた指先に赤い液体が付着する。これが全て血液だとしたら、間違いなく「かすり傷」ではない。

「シオンさん、よろしければノア様の手当てをお願いできませんか？　もしくは医者に診てもらうよう説得していただくだけでも構いません」

「わかりました」

頷き、階段を駆け上がると、僕は躊躇いを捨ててノアの部屋をノックした。

「ノア、失礼します！」

返事を待たずに入ったけれど、ノアの姿が見えない。代わりに奥から水音が聞こえる。バスルームにいるのだろう。床に脱ぎ捨てられたジャケットやネクタイを拾い集めながら扉を開けると、洗面台で傷口を確かめるノアの姿があった。

「ノア……！」

血で赤く染まった腕を見て、思わず駆け寄る。

「大丈夫ですか？　僕に手当てをさせてください、一通りの処置はできます」

「この程度なら自分でどうにでもなる。いいから離せ、汚れるぞ」

ノアは意地を張っているわけではなく、本気で「この程度」と思っているらしい。互いの齟齬をどう埋めればいいのか迷いながら、もう一度ノアを説得した。

「だけど、腕の怪我は自分では処置しづらいでしょう？　手伝わせてください」

するとノアは、気乗りしない様子ながら頷いてくれた。僕は慎重に腕の血を洗い流し、バスルームを出てソファに促す。そこで改めて傷口を確認した。

鋭い刃物によるものだろう。幸い出血は止まりかけているが、適切な処置が必要だ。

「縫合しないと……シャツを脱いでもらえますか？　それから道具は……」

あるのだろうかと不安に思いながら訊ねると、ノアはソファの下から木箱を取り出した。中には包帯やガーゼの他に、様々な薬、医療用の針や糸までもが揃っている。

「あの、どうしてこんなに……」

一般的な備えとは思えない中身に疑問を抱いたが、顔を上げた途端解決する。

シャツを脱いだノアの体には、至る所に傷があった。小さな裂傷から大きな縫い跡まで。肩や胸や脇腹に、痛々しく残っている。任務で何度も死にかけたと言っていた。その時に負ったのだろうか。

「見苦しいだろう、もう十分だ」

ノアが珍しく遠慮がちに目を伏せるので、僕は迷わず首を横に振ってみせた。

「見苦しくなんてありません。痛くないのか気になっただけです。手当てを始めますね」

救急箱の中から必要な道具を取り出し、頭の中で手順を確認する。消毒液を含ませた布で傷口を拭くと、ノアは痛むだろうに声も上げず、ただ顔を顰めて耐えた。

救急箱を確認したが、さすがに麻酔はない。どうしたものかと考えていると、ノアは手慣れた様子で錠剤を取り出し、口に放り込む。鎮痛剤で痛みを和らげるつもりらしい。無茶なことをと思ったが、他に方法もなく、このまま処置を続けるしかない。

ノアが苦しまないように、できるだけ手早く終わらせる必要がある。幸いにも傷は縫いやすい形状だったので、僕でもどうにか処置ができた。治療を終えて包帯を巻くと、ノアは仕上がりを見て「うまいもんだな」と褒める。

「呑気なことを言ってる場合じゃありません。ひとまずこれで大丈夫だと思いますが、熱が出たり、傷が腫れたりしたら、問答無用で医者を呼びますからね」

「これでいい。医者に見せたところでぐだぐだ言われるだけだし、大した怪我じゃない」

「縫合が必要な怪我はかすり傷ではありません。そもそもどうしてこんなことになったんですか？」

「別に。知人と少し揉めただけだ」

ふいと目を逸らすのだから都合の悪い話なのだろう。大方、痴情のもつれか恨みを買ったかに違いない。そんな考えが顔に出ていたのか、ノアは不服そうに眉を寄せた。

「断言するが、お前が考えているようなことじゃないからな。以前仕事の一環で情報を提供してもらったご婦人が、とある事情で腹を立てて切りかかってきただけだ」

「つまり、誑かした相手の恨みを買って切りかかられたと？」

説明されたところで、余計にそう言っているようにしか聞こえない。困惑を通り越して呆れると、ノアは苦悩も露わに眉間を押さえた。

「そうじゃない……つまりだな、仕事で特定の人物の証言を引き出すために、相手の気を引かなければならない場合があるんだが。後々トラブルにならないよう、口封じの材料として現場の写真を押さえてある。ファムに撮ってもらっているんだが……」

「ファムが？　どうして」

「あいつは少し前まで軍の広報部隊で記録写真を撮っていたからな。それで、その写真がどこからか流出し、俺と写っていたご婦人の夫のもとに届いたせいで事が起きたわけだ」

嫌な予感がじわりとこみ上げる。

「写真を見た夫は、彼女の不貞を理由に離婚を突きつけた。元々派手に火遊びに興じる妻を疎ましく思っていたらしい。その結果、社交界には彼女の醜聞が広まり、元凶は俺だと恨んで切りかかってきた」

ノアが語る真相を聞きながら、僕は一人青ざめた。

おそらく、その写真とは例の写真のことで、今の話を聞く限り、恩人は僕が送った写真を、被写体の女性の家に送りつけたのだろう。

つまり密告者は僕で、ノアの怪我の元凶も僕ということになる。

処置したばかりの腕を眺めながら、強い後悔に襲われた。なぜあんなことをしてしまったのだろう。ひとつやり返せただなんて思った自分が信じられない。それに僕の軽はずみな行動で、無関係な女性も巻き込んでしまった。

こうなるとは予測できなかったけれど、言い訳にならない。身勝手に怒りをぶつけて、ノアに怪我を負わせた。そもそも怒る資格なんて僕にはないのに。

言葉もなく立ち尽くしていると、ノアは何を勘違いしたのか、僕を気遣う。

「シオン、心配しすぎだ。こんな怪我すぐに治る」

「そんなわけないじゃないですか……！」

「これまでに比べたら本当にかすり傷だ。それに昔から体が丈夫なのが取り柄だからな」

ノアは立ち上がりクローゼットを漁る。惜しげも無く晒す背中にも、大きな裂傷痕が見えた。肉が抉れ皮膚が引き攣れたそれは、ノアが過酷な状況に身を置いていた証だ。それを乗り越えて無事ソレイユに帰還したはずなのに、ノアは今もまだ、何かと戦っている。

「……どうしてですか？」

「何がだ？」

「危険なことに関わっている理由はなんですか？　爵位を返上してのんびり暮らすんでしょう？　だったら今の仕事から、手を引いてしまえばいいのに。王都で起きているテロ事件だってそうです」

燻っていた疑問を言葉にすると、ノアは一瞬動きを止めた。

「ノアの部屋で、僕の父が関わっていた倉庫群の資料を見ました……あれは何ですか？」

シャツに袖を通し終わると、ノアは観念したようにソファに座り直し、僕を見つめる。

「おまえの推測通り、俺はあの事件に関わっている。つまり俺はエルメール子爵家の再起のチャンスを奪った張本人だ。憎いか？」

あっさりと白状されてどう反応すべきかわからなくなる。ノアはそんな僕に挑むような視線を向けた。

「世間的に言えば俺は悪者だが必要なことをしているつもりだ。穏便ではない方法だが、致し方ない事情がある」

強く言い切るが、ふと瞳の奥が揺らぐ。

「だが、その結果おまえと家族を路頭に迷わせたことは、心から申し訳ないと思っている。おまえをうちに連れて来てから事情を知ったものの、うまく切り出せないまま時間が経ってしまった。今更遅いかもしれないが……きちんと償いたい」

掠れて消え入りそうな声には後悔が滲んでいる。だからノアは、僕が倒れたときに甲斐甲斐しく世話をしてくれたのかもしれない。だとしたら、その懺悔は少し的外れだ。

「倉庫の件がどうであれ、ノアを憎んでなんかいません。あの仕事は最初から少し怪しかったし……それに、我が家に決定打を与えたのは他の誰でもない、僕自身です」

「おまえが？　なぜだ？」

「銀行で働いていたと言ったでしょう？　あの時、雇用主に愛人になれと言われて拒否して逃げてしまった。それがエルメール家を追い詰めた原因です」

申し出を受け入れていれば、雇用主に返済計画を反故にされることはなかっただろう。なんなら愛人特権で、それなりに裕福に暮らせていたかもしれない。

「応じていれば、少なくとも父に家を残してあげられた。その可能性を潰したのは僕自身なので、ノアが気に病む必要はないんです」

未だに自分の選択が正しかったかどうか、わからなくなる時がある。

けれどノアは、吐き捨てるように言った。

「そんなもの応じなくて正解だ。俺でも逃げるぞ」

力強い言葉に顔を上げると、ノアは目を眇めるようにして僕を諭した。

「よく考えてみろ。おまえが耐えた代償に家が守られたとして、おまえの父親は心穏やかに暮らせたと思うか？　逃げたことについて責められたことは？」

確かに父の性格上、心配し、思い悩んだはずだ。それに一度だって僕を責めなかった。むしろいつも励ましてくれた……。

「おまえは父親を悲しませなかったし、自分の尊厳も守った。それが正しい選択でなくて何だ。おまえに付いて回る社交界の噂も、どうせ似たような状況から生まれたんだろう」

突如飛び出した話題に身構えると、ノアは確信を得たように笑う。

「おまえのことだから、深く考えずに夜会に出向いたら襲われそうになって、全力で逃げ出したんじゃないのか？」

あっさりと真相を言い当てられて、僕の方が戸惑ってしまう。

「……どうしてそう思うんですか？　噂が嘘だっていう証拠なんかないのに」

「証拠ならある。『相手を誘惑する性悪な男狂い』にしては、キスが下手すぎる」

一瞬何を言われたかわからず、ぽかんとノアを眺めていたが、徐々に理解が追いついて息を呑む。

デリカシーがなさすぎる……！　しかし事実なので何も言い返せない。悔しさと羞恥で顔を赤くしながら震えたが、ノアは僕の様子に気づかずに、考え込むように腕を組む。

「それに、初心（うぶ）という次元じゃないほど色恋沙汰に疎すぎる。そういった部分に情欲を掻き立てられる輩がいるのは理解できるが、意図的に誘惑できるとは思えない」

真剣に分析してみせる内容も散々で、僕はノアを睨んだ。

「つまり、僕に色気がないから噂がデマだと言いたいんですね？」

「そうじゃない。おまえのことを毎日一番近くで見ている俺には、噂が嘘としか思えないという話だ」

単純明快な答えに言葉を失う。素直に信じられるのは、ノアが日々、僕と真摯に向き合ってくれているからにほかならない。嬉しさがじわりと体に満ちた。寒くて暗い水底から、突如すくい上げられたような気持ちになる。

「だいたい、社交界の噂に信憑性なんてない。俺も随分言われているが、半分はデマだ」

そういうものだと頭ではわかっていても、大勢に誤解されると肩身が狭い。それに今の発言だと、ノアの噂は半分は本当ということになる。

「あの……ノアはどういった仕事をしているんですか？　倉庫を爆破したり、相手から情報を引き出すとか、他にも危ないことをしてるみたいだし、それってなんだか……」

……スパイみたいだ、と思い至りノアを見る。すると彼は手を伸ばし、僕の髪をぐしゃりとかき混ぜるように撫でた。

「まぁ、そのうち話してやるから、拗ねずに待ってろ」

くしゃりと人懐っこい笑顔を向けられて、何もかも許してしまいたくなった。

ノアの笑顔が好きだ。向けられるたびに、胸が疼くような感覚がどんどん強まっていく。

僕の噂を否定してくれたように、彼にも事情があるなら信じたい。腕に負わせてしまった怪我の分も償いたい。そのために、僕はノアに何をしてあげられるだろう……。

「……仕事は、まだ続くんですか？」

「ああ。もうしばらくの間はな」

「だったら、もし怪我をしたら、また僕が手当をします。本当は危険なことをしないでくれるのが一番だけど、やらなくてはならない理由があると言うのなら、僕はここでノアの帰りを待ちます」

包帯の上からそっと患部の熱を確かめる。強い罪悪感に苛まれると同時に、自分の中で急速に膨れ上がる想いを伝えた。

「これからは僕があなたを支えます、そばにいます。だからもう、一人で我慢しないでください」

僕はノアの味方でありたい。困難に立ち向かうなら支えたいし、癒しを求めるならいくらでも膝を貸す。言葉にしたことで自分の想いが、はっきりと形を得た気がした。

しかしノアは笑顔を引っ込めてしまう。出すぎた真似だっただろうかと不安に思っていると、小さく、掠れた声で訊かれた。

「……本当か？」

「本当です」

迷わず応じる。それでもまだ信じきれないのか、ノアは慎重な眼差しを僕に向ける。

証明したかった。ノアは何度も僕にそうしてくれていたから。

これまでの優しさへの感謝と、怪我を負わせてしまったことへの謝罪、そして生まれたばかりの決意を込めて、いつもノアがしてくれるように、彼の左手の薬指にキスをした。

気恥ずかしさを押し殺して見上げると、意図はきちんとノアに伝わったらしい。

彼はほんの一瞬、唇を引き結ぶと、嬉しそうにくしゃりと笑った。

心臓が大きく跳ねる。同時に誇らしくも嬉しい気持ちで胸が一杯になる。

その時ようやく、僕はいつしかノアのことを好きになっていたのだと気がついた。

仲違いを解消した僕たちは、再び一緒の時間を過ごすことになったのだが、ノアは四六時中僕に張り付き、隙あらば膝枕を要求し、会話の最中に脈絡もなく髪に触れ、温かい眼差しでじっと見つめてくるようになった。

仲直りできたことは喜ぶべきだが、僕の心臓は、度々動悸に悩まされた。

ノアは相変わらず夕方から「仕事」に出かけることが多い。同行は許されなかったが、出発前には必ず「早く戻る」と言いながら、左手にキスをして出かけて行く。

だから僕は、ノアが戻ってきた時に少しでも気が休まるように、部屋を暖め、お茶を用意して待つのが習慣になった。

待っている時間は、ノアから借りた本を読むことに費やした。

書斎には、歴代の当主の趣味が反映されているのか、面白そうな本が並んでいる。読みたいと申し出ると、ノアは「なんでも好きに読め」と快く許可をくれた。

「普段はどんな本を読むんだ？」と訊かれたので、愛読書の猟奇殺人鬼シリーズや、サイコホラーの金字塔の名前を上げた。するとノアはなぜか真顔になり、「たまにはこう言うのを読め」と自らの推薦図書を大量に貸してくれた。

意外にもそれは恋愛小説で、面白いかどうか最初は半信半疑だった。けれど主従や同性同士の恋を描いた内容に共感し、気づくとのめり込んでいた。

それらの恋に自分の想いを重ねて余韻(よいん)に浸る時、密かに相手をノアに置き換えた。過激な描写の多い作品では妄想が爆発して眠れなくなる夜もあり、翌日ノアと顔を合わせると、じりじりと焦がれるような気持ちに駆られることが多くなった。

そんな僕が平常心を取り戻すための強い味方になってくれたのが、裏庭の温室だ。土や植物の匂いは気持ちを落ち着かせてくれる。だからその日も、奥様のメモを読み解きながら、自由時間のほとんどを温室で過ごしていた。

次はハンドクリームを作るつもりで手順を書き出していると、開け放っていた温室の扉をノックする音が聞こえた。

振り返ると、ノアが少し息を切らして立っている。急ぎの用事だろうかと慌てて応じると、ノアはどこか誇らしげな様子で、一通の手紙を差し出した。

「午後の郵便で届いた。差出人を見てみろ」

促されるまま手紙の裏を見ると、懐かしい文字で「リリー・エルメール」とサインが記されている。妹の名前だ。勢いよく顔を上げると、ノアは僕の反応に嬉しそうに笑う。

「急いで持ってきて正解だったな」

このためにわざわざ走って来てくれたのかと、胸が熱くなった。

「それで、内容は？」

ノアは僕をソファに促すと、当たり前のようにぴたりと体を寄せて隣に座る。

騒ぎ出す心臓を宥(なだ)めながら、封を開けた。

しっかり者の妹らしい整った文字で、三枚にも及ぶ手紙。そのうちの一枚は、ほとんど僕に対する小言だった。

「ええと……僕が長い間連絡をしなかったことに対しての不満と、同時にノアのことをすごく褒めています。この手紙とは別に、ノアにも手紙が届いているんですか？」

「ああ。エルメール家一同、シオンを頼むと丁寧な返信をいただいたぞ」

誇らしげな様子のノアを横目に見ながら、僕は内心、家族の好意的な反応に戸惑いを覚えた。妹も僕の状況を心配していたようだが、ノアの挨拶状を読んで心底安心したらしい。

「こんなに素敵な人は滅多にいないのだから、大切にするように！」と強調した文字で書かれており、一体ノアが、どんな手紙で妹の信頼を勝ち得たのか気になった。

ちらと視線を向けると、当の本人は曇りのない眼差しで僕を見つめている。

「他には？」

「あとは……父のこととか、家族の新しい暮らしについても書かれています」

父は無事隣国の祖父母の家にたどり着き、僕の身を案じながら、母と妹と穏やかに暮らしているらしい。そんな中、妹は祖父のもとで経営の勉強を始めたという。

昔から、エルメール家の事業を一部引き継いで、美容品の専門店を出したいと言っていた。事業を取り戻すのではなく、自ら起こそうとしている逞しさに勇気づけられる。

「あとは、入浴剤が気に入ったのでまた送ってほしいとか、ヴィラール家に遊びに来たいとか、それと年内に結婚するので式には来てね……は？　なんだって？」

突然飛び出した「結婚」の文字に、慌てて手紙を読み進める。すると相手は以前近所に住んでいた男爵家の三男坊にして、妹の幼馴染のオーブリーだと判明した。

我が家が隣国に引っ越したのを知るや否や、家を出て妹を追いかけ、プロポーズしたらしい。妹は快諾し、両親にも報告済みで、既に祖父母の家で一緒に暮らしているという。

「オーブリーだって？　妹と顔を合わせれば喧嘩ばかりしてたのに？　それに二人とも二十歳を超えたばかりじゃないか、結婚するには少し早すぎるんじゃ……！」

兄として心配になったが、ノアは小さく吹き出す。

「喧嘩じゃなく、好きな子に構ってほしくて意地悪をしていただけなんじゃないか？　それに結婚は勢いも大事だ。人生の先輩として門出を祝ってやれ」

　ノアの言葉には説得力があった。驚いたけれど、当然祝いたい。同時に少し寂しいような複雑な気持ちになる。するとノアは、僕に寄り添うように肩を引き寄せた。

「大丈夫だ、きっと幸せになれる。準備も順調らしいぞ？　ドレスは母上から譲り受けたものを、式はステンドグラスが美しい地元の教会で挙げると、リリー嬢が言っていた」

　……どうしてノアは、そんなに込み入った話を妹としているのだろう？　怪訝な目を向けると、少し改まった様子で訊かれた。

「シオンはどんな式がしたい？」

「……僕、ですか？」

　記憶にある限り、生まれて初めての質問だった。教会で挙げるのが一般的なのだろうけど、自分のこととなるとうまく想像できない。代わりにいつだったか、大学の近くで偶然見かけた結婚式を思い出した。

「ガーデンウエディングって言うんでしょうか。庭とか公園とか、緑の多い場所で挙げる式って綺麗だなと思いました。僕が見た式は、花嫁と花婿が、家族や親しい人たちに心から祝福されていて、みんなすごく幸せそうで、見ているこちらまで胸が暖かくなって……あれは素敵だったな」

　思い出すだけで幸せな気分になり、笑ってみせると、ノアは深く感銘を受けた様子で頷く。

「それなら、ウエディングアーチがあったほうがいいな。バージンロードは絨毯を敷いて、それから、フロックコートはどんな素材が好みだ？」

続けざまに質問をされてもすぐには思いつかない。ただ、ノアが楽しそうにしているので、こちらまで嬉しくなる。

「まずはリリー嬢に祝いの品を送ろう。連名でいいか？」

「いいですけど、いつのまにそんなに仲良くなったんですか？」

「時々電話で相談に乗ってもらっている」

なんの相談だろうと思ったが、あまり踏み込み過ぎてはいけない気がした。

「では、週末に王都のギャラリー・ラフィエッタで何か見繕ってきます」

老舗の百貨店ならふさわしい品があるはずだ。しかしノアは不満げに眉を寄せた。

「なぜ一人で行こうとする、どうして誘ってくれないんだ？　連名だぞ？」

「え……でも週末は予定が入っているはずでは？」

「問題ない。行ける。お前の方こそ仕事は？　なんならその日は誰かに頼んで……」

「こちらこそ問題ありません。ノアの執事としての仕事は、僕がきちんとやり通します」

この役目は誰にも譲りたくない。そんな意思を込めて告げると、ノアは感極まった様子で、僕を強く抱きしめた。

「安心しろ、俺の執事は生涯おまえだけだ。無理はするなよ」

優しい声で諭されて、じわりと全身が熱くなる。信頼を寄せられているのが嬉しくてたまらない。

僕の全ての時間や労力を、ノアに捧げたい。そう思うくらい気持ちは膨らんでいた。

ただし側にいるためには、自分の罪をきちんと告げなければならない。

「ノア」

意を決して名前を呼ぶと、ノアはいつも真摯に僕と向き合ってくれる。小さな言葉ひとつ取りこぼさないように、何を話そうとしているのか心待ちにするように。

だけど真実を告げた時、この瞳が嫌悪に歪むかもしれない。そう思うと途端に決意が揺らいだ。本当は事件の後、真っ先に打ち明けるべきだった。

だから伝えられずにいる代わりに、せめて自分の決意だけは証明したくて、僕はかつて窮地から救ってくれた恩人に、手紙を書いた。

恩人は僕を助けてくれた。希望も与えてくれた。そのことについては心から感謝している。だけど彼がノアを追い詰める存在である以上、もう協力はできない。

僕はノアの味方になると決めたのだ。

その信念の中にノアに対する恋慕が含まれているのは事実だが、ノアと恋人になりたいなどという大それたことは考えたこともなかった。

世間一般の主従関係よりは親しいかもしれないが、僕は執事で、ノアはいずれ伯爵位を返上するにしても、ヴィラール家の当主だ。

僕では釣り合わない。それを知らしめたのが、屋敷に届いた一通の封書だった。

届いた郵便物の中に、春の気配を纏う美しい桃色の封筒を見つけた時、緊張で少し手が震えた。金色の封蝋の中央に輝く太陽の紋章。それはこの国に住む者なら、必ず目にしたことがある王室の象徴だった。

特別な意味を持つ封書を手にノアを探すと、リュカ様とリビングルームでチェスに興じているところだった。

「お休みのところすみません。これを」

封書を差し出すと、ノアは「ああ……」と言いながら封筒をテーブルの上に置き、そんなことよりも優先すべきはキスだとばかりに、僕の左手を引き寄せた。

「王宮から届いたものです。急いで目を通した方がいいのでは？」

キスをかわしながら、改めて封書を渡し直す。しかしノアは、面倒なものを見るような目で、それを眺めた。

「どうせいつものアレだろう。今回は建国祭……いや、あいつの誕生日か？」

「陛下の誕生日は年明けだろう？　多分春の宮廷舞踏会だよ。ねぇ？　アニエス」

リュカ様は膝の上のアニエスに語りかけるが、彼女はうとうととまどろんでいる。

春の宮廷舞踏会とは、ソレイユの名だたる面々が集結する誉れある場だ。

貴族の中でも有力者を中心に、その令嬢や令息、国に貢献した事業主や芸術家たちが招待される。ソレイユに住む者なら誰もが一度は憧れると言われているが、ノアは明らかにうんざりしているように見えた。

ため息をつきながら、読み終えたメッセージカードをチェス盤の上に放り出す。雑な扱いだが、社交界が苦手な僕としては気持ちがわからなくもない。

「せっかくの舞踏会ですから、少しでも楽しめるといいですね」

「そんな気分には到底なれない。それに俺にしてみれば、これは一種の召集令状だ」

穏便ではない物言いに、放り出されたカードの文面に目を向けると、『親愛なる伯爵、紹介したい人がいるため必ず出席すべし』と書いてある。

差出人は国王、つまり陛下が直々に、舞踏会の場でノアと誰かを引き合わせようとしているらしい。となると考えられる可能性は一つ。

「ノアは、お見合いをするんですか？」

導き出した答えは衝撃的ではあったが、考えてみれば何もおかしなことではない。

というかむしろ適齢期で独身の貴族なのだから、婚約の一つもしていない方が不自然だ。

ノアは、怪訝そうな表情で僕を見ていた。それに対してリュカ様は呑気に笑う。

「以前から話だけはあったんだよ？　でもノアがこんな顔で応じるから、怖がられて辞退されてばかりいてね。相手を探すのも一苦労だった時期もあったっけ」

確かに、ヴィラール伯爵と聞いただけで尻込みする人は多いだろう。けれど国王の引き合わせとなると、そう簡単には断れない。

それに実際に会ってみれば、ノアが噂とは違い、優しくて男前で、可愛い人だとすぐにわかる。そうなれば縁談なんて秒でまとまるはずだ。

つまり僕がノアを隣で支え続けるということは、ノアとその伴侶を最も近くで見守り続けることでもある。改めて気づいた事実に少し動揺した。

「……色々と準備しないと。忙しくなりますね」

どうにか笑顔を取り繕ってみせたのに、ノアはますます怪訝そうにする。

「何を言っている。既に相手がいるのに、見合いなんてするわけないだろう」

さらに予想外な言葉を受けて、今度こそ動揺が溢れた。

「そ、そうなんですか？　それはその、全く存じ上げず、すみませんでした」

「だから何を言ってる。シオン、まさか……いや、さすがにそんなはずは……」

驚愕から困惑へ、ノアの表情が次から次に変化していく。最終的に思いつめたように険しくなるのを見て、僕は自分の行動に不安を覚えた。

無意識に、気持ちがバレるような言動をしただろうか？　もしそうだとしてもこの場合、ノアを応援すると表明すれば問題はないはずだ。動揺を根性でねじ伏せ、僕は精一杯の笑顔を浮かべた。

「お相手の方にご挨拶できる日を、楽しみにしていますね」

するとノアは絶句し、大きく息を呑んだかと思うと動きを止めた。冷や汗を浮かべ、顔色がどんどん青ざめていく。

ただならぬ症状だ。もしや呼吸が止まっている？

「ノア、大丈夫ですか？　息をしてください！」

突然の呼吸困難、しかも呼びかけにも応えない。どう見てもショック症状の一種だ。

「どうして突然……原因は？　何か持病があるとか？」

リュカ様に訊ねるが、口を開けて首を横に振る。とにかく、一刻も早く呼吸を再開させなければならない。その一心で、僕はノアの胸ぐらを掴み、頬を二、三発叩いた。

「聞こえますか？　しっかりしてください！」

それでも反応が無いので、気道を確保するために首を大きく仰け反らせる。するとようやく息を吹き返したのか、呻き声が聞こえた。

「よかった！　そのままゆっくり呼吸を繰り返してください。すぐに医者を呼びます」

励ましの言葉をかけながら背中を摩ると、ノアは唐突に立ち上がる。

そしてわなわなと震えながら、僕に何かを訴えようとした。

きっと呼吸困難に陥ったショックで、うまく言葉が出てこないのだろう。目が潤んでいる様子を見ると、相当な恐怖だったに違いない。

「もう大丈夫ですよ、僕がついてます」

安心させるように手を握る。けれどノアは歯を食いしばり、力なく手を振り解くと、よろめきながら背を向けてしまった。

部屋に戻るつもりらしいが、どう見ても一人にしていい状態じゃない。

急いでつき添おうとしたところを、リュカ様に引き止められた。

「シオンくん……ちょっと聞いてもいいかな？　ノアが最初に君をうちに誘った時『衣食住と昼寝付きの永久雇用』って言ったんだよね？　……他には？　何て言われたの？」

やけに真剣な様子で訊ねられて、記憶を探る。

「ええと、不当な扱いはしないことと、休日の条件を提示してくれて、すごく福利厚生が手厚い職場だなと思いました」

「これはまずいぞ。緊急事態だ！」

リュカ様は狼狽えた様子でアニエスを抱きしめる。そしてしばらく考え込むと、見たこともない鋭い眼差しを僕に向けた。

「ちなみに、シオンくんはノアのことが好きだよね？」

唐突な質問に思わず数歩後ずさる。当然好きだ。けれど、この気持ちを公にするつもりはない。しかしリュカ様に答えを求められている以上言い逃れはできない。ならばあくまでも人間性が好きだと伝えるのが無難だ。

「そ、そうですね。執事としてノアには親愛と尊敬を抱いていますし、当然、すっ、すっ、すっ……き、嫌いではないです」

言葉を選んで言い切ると、リュカ様は何度も頷いた。

「だよね。そうだと思った。となると戦略次第か……ロベール、ファム、ルゼット、ちょっと来てくれ」

リュカ様が威厳のある声で呼びかけると、素早く集結した屋敷の精鋭たちは、流れるように手近な部屋に入っていく。

「あの、僕は？」

「シオン君には後で特別に頼みたいことがあるから、一旦そこで待機しててね」

そう言われて締め出されたが、頼みたいこととはなんだろう。じりじりしながらドアに張り付くと、微かに聞こえてきたのは「どうしてそんなことに……」だとか「あれで付き合ってないとか……」という、緊迫した会話だった。

話し合いは数分で終わり、再び扉が開く。

改めて姿を現した四人は、まるで重要な使命を受けた戦士のような顔で僕を見て、頷いたり、肩や背を叩いて労ったりした。

「シオンさん、大丈夫ですよ」

「大船に乗ったつもりでいてください」

ファムとルゼットの励ましは意味不明で、ロベールさんは満面の笑顔で僕に訊ねる。

「シオンさん、ノア様が王宮へ出向くとなると、同伴者が必要だと思いませんか？」

「それは、いたほうがいいと思いますけど……」

答えるとリュカ様が「いいね！」と力強く会話に割り込んだ。

「本人は面倒くさがっていたけど、陛下の招待を断るわけにはいかない。気心の知れた相手が同伴してくれたら、ノアも行く気になるかもしれないなぁ！　というわけでシオンくん、あの子のパートナーになってくれないかな？」

全員が期待を込めた目で僕を見るので、断れるはずがなかった。


しかし翌朝ノアは、リュカ様からその話を聞くなり、怒りを露わにため息をついた。

「どうしてそうなった。シオンもわかっているのか？　おまえの苦手な社交界の頂点のような場所だぞ。拒否しなくてどうする！」

乱暴な言い方だが、僕を心配してくれているのが分かり、強く言い返せない。

「ノア、落ち着きなさい。シオンくんには私が頼んだんだ。それに昨日陛下に電話で参加すると伝えたら、『シオンさんに会えるのを楽しみにしています』って言ってたよ」

「よけいなことを……！　とにかく、シオンを連れていくつもりはないからな」

取りつく島もない様子に、リュカ様は珍しく威圧的な目つきでノアを見た。それはヴィラール家の血筋を感じさせ、僕らは思わずびくりと背筋を伸ばす。

「ノア……まさかと思うけど、一度や二度の失敗であきらめるわけじゃないだろうね？　それに王宮の舞踏会だぞ？　シオンくんの夜会服姿が見たくないのか？」

夜会服、という言葉にノアは動きを止めた。

「シオンくんはどんな服が似合うだろうね。最近流行りの、俳優が着ているような白地のスーツ？　それとも明るめのスリーピーススーツなんてどうかな」

リュカ様の提案に、ノアは黙ってられないとばかりに反論した。

「ひどい解釈違いだ！　シオンは正統派クラシックタイプ、色は落ち着いたグレーか黒で、流行を取り入れるなら小物に抑えた方が似合うに決まっている！」

僕はノアの強すぎるこだわりに気圧されたが、リュカ様は笑顔を崩さない。

「なるほど。じゃあ衣装はノアに任せよう。というわけで絶対に二人で参加すること。これは決定事項だからね」

穏やかながらも反論を許さない様子で、リュカ様は鼻歌まじりに立ち去った。

そして僕とノアだけがその場に残される。ノアはしばらくの間、何やら葛藤していたが、ついに譲歩する気になったらしい。

「シオン、本当に大丈夫か？　父にはうまく言っておくから無理はしなくていい」

「いえ……それが、ノアが僕の噂を否定してくれたからでしょうか。最近、昔のことがあまり気にならなくなってきました」

理解してくれる人がそばにいるなら、誰に何を言われても平気だとさえ思える。

「なので、役に立てるならご一緒させてください。ただ、僕が行くことでノアが嫌な思いをする可能性がありますが……」

不名誉な噂がある僕は、同伴者としてふさわしくない。けれどノアは呆れたように苦笑する。

「それはこっちのセリフだ。俺がなんて呼ばれているか知っているだろう？　嫌な思いをするとしたらおまえのほうだ」

「じゃあ、何か言われたら二人で蹴散らしてやりましょう」

僕の提案に、ノアは観念した様子で小さく笑った。

「わかった……では今日の午後、応接室に来るように。仕立て屋を呼んでおく」

席を立つノアの背中を見送る。許可を得られたのは嬉しいが、仕立て屋という言葉に背筋が伸びる思いがした。いつも完璧な装いで出かけて行くノアの隣に立つには、当然僕もきちんと装わなければならない。

向かう先はある種の戦場だ。ノアに恥をかかせないためにも備えがいる。宮廷用の礼儀作法の確認をして、社交界を離れていた分、貴族名鑑を頭に叩き込む必要がある。

となると、時間は決して多くない。

僕はすぐさま書斎に向かい、分厚い貴族名鑑を引っ張りだした。


準備に追われているうちに、あっという間に春の宮廷舞踏会の当日を迎えた。

朝から屋敷全体が浮き足立っている気配を感じつつ、いつも通りに過ごし、遅めの昼食を終えてから、いよいよ準備に取りかかった。

クローゼットの中から衣装を取り出す。深みのあるグレーのジャケットとトラウザーズ。ベストとネクタイは黒の光沢のある生地で、裾のあたりに質感の違う黒い糸で、美しい刺繍が入っている。

ノアが仕立て屋と綿密な打ち合わせをし、細部までこだわりを持って作ってくれた衣装。その見事な出来栄えに感動すら覚えた。着替え終わると、ファムとルゼットがやってきて、細かな身支度を手伝ってくれた。

伸びてきた前髪を半分だけ流す形で整え、袖口にはカフスボタンをつける。真新しい靴に履き替えると、太鼓判を押されて部屋から送り出された。

エントランスに向かうと、待ち構えていたリュカ様とロベールさんの反応もいい。

これならノアに恥をかかせなくて済みそうだ。胸を撫で下していると、階段を降りてくる足音が聞こえた。

「シオン」

呼ばれ、見上げた先にいるノアの姿を見た途端、思わず息を呑んだ。

当然彼も夜会用の装いをしているが、一言で言うなら完璧だった。これまで見たどんな姿より格好良い。

鍛えられた体を引き立てる黒のジャケット。その下のベストは光沢のあるグレーで、裾に銀色の糸で刺繍が施されている。

少し癖のある黒髪は形よく整えられていて、ノアの顔の造形をよく引き立てていた。俳優も顔負けだ。銅像か絵画として後世のために残しておくべきじゃないのか。

思わず見とれたが、ノアの服装に強い既視感を覚えた。

僕の衣装と類似点がありすぎる。タイの種類や細かな装飾こそ違えども、対になるようなデザインと色使い。これではまるで……。

「お揃いじゃないですか！」

指摘すると、ノアは不敵に微笑んだ。

「これならお前が誰の同伴者か一目でわかるだろう」

そんなことまで考えていただなんて。

とはいえこれはありなのかと周囲に意見を求めると、反対するどころか、みんな笑顔で僕たちを見ている。ファムに至っては小型の写真機を構えて「撮りますよー！」と声をかけた。

それに応じてノアがぴたりと僕の隣に立った次の瞬間、小気味良いシャッター音が響く。

かくして揃いの衣装に身を包んだ僕たちは、屋敷のみんなの盛大な見送りを受けて、王宮に出発した。

車に乗り込むと、ノアはしばらくの間言葉を発さずに、真正面からじっと僕を見つめ続けた。そして時折、苦しげにため息をつくと「すごく似合うな」と呟く。

どうやら、僕の装いが大変お気に召したらしい。

安堵すると同時に、嬉しさと気恥ずかしさがこみ上げる。それをひた隠して「ありがとうございます」と返すと、ノアは僕の左手を引き寄せた。

薬指に輝く紋章入りの指輪を指先で撫でながら、不思議そうに呟く。

「おまえが一緒にいるだけで、王宮に行くのがこれほど苦痛じゃないとはな……」

僕が見た限り、夜会場でノアは、いつも一人で凛と立っていた。堂々とした背中に憧れを抱いたけれど、心の内では色々なことを考えていたに違いない。

少なくとも、今日は一人にさせずに済む。それだけでついて来て良かったと思えた。

ほどなくして、車は王都の中央、第一区に鎮座する王宮の門をくぐった。

壮麗な王宮はソレイユの象徴の一つで、幼い頃から何度も目にしていた。ただし、門の内側に入るのは、これが生まれて初めてだ。

会場を前に車を降りると、いつのまにか日が落ちていた。濃紺の空の下、王宮は幾つものガス灯で眩く照らされ、幻想的な美しさを見せている。

中でもとりわけ煌々と明るいのは、来賓用に開放された正面入り口だ。

ベルベットの絨毯、着飾った招待客たち。華やかさの裏に社交界特有の緊張感が漂っている。以前は苦手でしかなかったそれが、今日はあまり気にならない。

ノアが一緒だからだろうか？　隣に佇む彼を見上げると、気遣うような視線を向けてくる。僕はそれに「大丈夫」という意志を込めて微笑んでみせた。

王宮に足を踏み入れると、エントランスは太陽の明るい日差しを思わせるミモザの花で満たされていた。見事な内装と、華やかな飾り付けに感激していると、ノアは僕を促し、赤い絨毯の敷き詰められた回廊を歩く。

進む先には大広間の入り口が見える。世界屈指の美しさと称されるソレイユの王宮の中でも、象徴的な空間とされている場所だ。期待に胸を膨ませながら入り口にさしかかろうとした時、ノアが急に方向を変えて、会場を素通りした。

「え？　あの、どこに行くんですか？」

「先に用件を済ませたい」

ノアは迷わず王宮の奥へ進んでいく。角を曲がり、階段を上り、上階のフロアに出ると、辺りは大広間の前とは違う厳粛な空気が満ちていた。

一般人が立ち入ってはいけない場所のような気がするが、ノアは勝手知ったる様子で歩き続ける。そしてある部屋にたどり着くと、ノックもせずに扉を押し開けた。

そこは応接間のようだった。中央に置かれたソファーとテーブルには、つい先ほどまで誰かが寛いでいたのか、飲みかけの紅茶と一冊の本が置かれている。

「おかしいな。一体どこに消えたんだ」

ノアは首を傾げながらソファの背もたれの向こう側や、テーブルの下を覗き込む。

「探してくる。おまえはここから動くな」

言いながら足早に応接室を出て行ってしまったので、僕は待機するしかない。それにしても一体誰に会いに来たのだろう。

改めてテーブルに目を向けると、無造作に置かれた本の表紙に目が留まった。それはホラー小説の金字塔と呼ばれる作品で、僕の愛読書の一つだ。

怖すぎて眠れなくなると話題になったが、感想や考察を話し合える読者に出会えたことがない。もしや同志かと期待を抱いていると、背後で物音がした。

「もしかして、その本、お好きですか？」

唐突に声をかけられて、恐る恐る振り返ると、いつのまにか見知らぬ青年が佇んでいた。淡い金色の髪をした、柔らかくも聡明な印象の顔立ち。年齢は二十歳くらいだろうか。少年の面影を残した大きな瞳が、期待に輝いている。

「ええと……はい。好きです。その作家の本は全て読んでいます」

ぎこちなく答えると、彼は嬉しそうに表情を綻ばせた。

「私もです！　嬉しいな、初めて趣味が合う人に出会えた」

屈託無く喜ぶ姿に、緊張が解ける。同時に、どこかで会ったことがあるような既視感を覚えた。

「もしかして、あなたがシオンさんですか？」

名前を言い当てられて狼狽えると、青年は親しげな瞳を向けてくる。

「ノアから聞いていた通りだったので。初めまして、私のことは、アルと呼んでください。ちなみに、当のノアはどこに行ったのでしょうか？」

「それが……誰かを探しに行ってしまって」

青年は、ああ、と納得したように頷き、優美な所作でソファに座った。

「本を読み終えたので、別のを取りに戻っていたんです。入れ違いになったみたいだ」

テーブルの上に新たに置いた本もまた、僕の好きなホラーサスペンス小説だった。

「そのうち戻って来るでしょうから、少しお話しませんか？　どうぞ座ってください」

この青年が、ノアが会いに来た人物で間違いないらしい。ノアとはかなり親しいようだが、どういった関係なのだろう。

「あの、アル様は……」

「その呼び方はちょっと……様だなんて、他人行儀すぎます」

と言われても初対面だし、見るからに高貴な人だ。身につけている服も見事なものだった。白地に繊細な金のボタン、襟元や袖に施された黒絹糸の刺繍、かなり身分の高い人物に違いない。ただ、いくら記憶を探っても、該当する人物が思い当たらない。

「このシリーズの最新作は読みましたか？　よければお貸ししますよ。それと、もしかして観劇もお好きですか？　ノアから二人が出会ったのはオペラ座だと聞きました」

質問に何でも答えてしまいたくなるような、不思議な魅力を持つ人だった。

「本は先日読みました。観劇も好きです。アルさんもお好きなんですか？」

「はい、とても！　一番の趣味と言っても過言ではありません。立場上、気ままに観に行けないのが辛いところですが……」

屈託無く笑う姿に、自然と空気が和む。

「本当は、大好きな兄と観に行けたらいいのですが、兄はあまり観劇に興味がないようで。結局ノアに付き添いを頼むことになってしまっているんです……」

その言葉に、ふいに目の前の人物が記憶と結びついた。

ノアが劇場を訪れていた際、いつも同行していた若者。髪の色は違うけれど、あれが変装だったとしたら……。

訊くべきか迷っていると、忙しない足音と共に扉が開いた。

「アル、今までどこにいた、探したぞ」

「入れ違いになっただけだよノア。少し待っていてくれればよかったのに」

厳しく問うノアに、青年は柔らかく応じる。やりとりからするとやはり二人は随分と親しそうだ。オペラ座で見た時は友人以上の関係ではないかと勘ぐった。けれど今の会話からは、仲のいい兄弟といった印象を受ける。余計に二人の関係がわからなくなり困惑していると、ノアが唐突に僕の背後に立ち、肩に手を添えた。

「アル、紹介しておこう。シオン・エルメールだ。元エルメール子爵家令息で、今は俺の執事をしてくれている。シオン、こいつは俺の従兄弟のアルフォンスだ。アルフォンス・ニコラ・ド・ソレイユ国王陛下……長い名前だな、気をぬくと舌を噛みそうだ」

「まさしく同感。なので、アルと呼んでくれれば嬉しいです」

なんてことのない自己紹介のつもりらしいが、瞬時に全身の血が凍りつく。

公の場で見る時よりも年若い印象や、屈託のない笑顔とは、イメージが結びつかなかった。けれど改めて見ると、間違いなく国王陛下だ。

「陛下……その、恐れながら、ご挨拶が遅れて申し訳ありません」

頭を下げて無礼を詫びると、陛下はやんわりと制した。

「気にしないでください。それより、お会いできるのを楽しみにしていました。ノアは顔を合わせればシオンさんの自慢ばかりするのに、なかなか会わせてくれないし、馴れ初めもオペラ座としか教えてくれなくて、あとは二人の秘密だってニヤニヤしてばかりで」

「その話はまたの機会にしよう！　今は人を待たせているはずだ、そうだな？」

ノアはおもむろに声を張り上げて会話を遮り、僕の両耳を手で塞ぐ。

「できることなら、とっとと本題を済ませたい」

陛下は「ええっ……」と残念そうに表情を曇らせる。

「せっかちだなぁ。まだシオンさんと全然話せてないのに」

「おまえも今日は忙しいだろう。それに相手の都合もある。場所は？」

「ここだと人目につく可能性があるから、別室で待機してもらっているよ」

陛下は重い腰を上げ、傍に置いてあった上着を無造作に羽織った。

左肩を覆うペリースマントは、陛下の装いに一層華やかな印象を与えた。

同時に、それまで柔らかだった陛下の瞳に、凛とした強い光が宿る。

「それではシオンさん、申し訳ないですが、少しだけノアをお借りしても？」

頷くと「できるだけ早くお返しします」と微笑みを残して応接室を出て行く。

「シオンはここで待ってろ。すぐに迎えに来る」

ノアもそう言い残して後に続き、僕は再び応接室の中に一人取り残された。

ヴィラール家の亡き奥様は、前王妃の姉だった。

親戚として陛下がノアに縁談を持ちかけるのは何も不自然なことではない。だが今の会話はお見合いに向かうという雰囲気ではなかった。人目につかないように警戒していた。

危険なことじゃなければいいと思いながら窓の外に目を向けると、手入れされた小さな中庭が見えた。その向こうにも建物がある。窓を開ければ声が届きそうな距離だが、その窓際に不審な人影があった。

落ち着きのない様子で、こちらを覗いている。

王宮で覗きを働くなんてどんな神経をしているのだろう。警戒しながら様子を窺うと、相手は背の高い金髪の男性のようだ。身を潜めているつもりらしいが、窓枠から体が半分以上はみ出ている。

あまりの怪しさに若干（じゃっかん）引いたが、同時にとんでもないことに気づいた。

その怪しい人物は、かつて窮地に陥った僕を助け、ノアの身辺を探れと指示を出した恩人その人だった。

彼も僕に気づいたらしく、おや、という表情で窓の前に出てくると、悪びれもせずに手を振る。そしてそのまま飄々と立ち去ろうとするので、僕は慌てて応接室を飛び出した。

恩人とはあれ以来、平行線が続いていた。決別の意志を伝える手紙を何度送っても、僕の申し出は無視され続けている。返信は律儀に届くが、天候の話題ばかりで核心に触れず、最後は決まって「今後ともよろしく」と締めくくられている。

いっそ直接話せたらと考えていたので、願ってもいないチャンスだった。

必死に追いかけ、長い廊下の先に後ろ姿を捉えた。恩人は僕を振り切るように足早に角を曲がり、その先の扉を開けて奥に消えて行く。

「待ってください！」

勢いよく扉を開けた途端、溢れ出る音楽の洪水に、驚いて足を止めた。

高い天井、眩いシャンデリア。優美に踊る大勢の人々。

どうやら正面入り口とは別の経路から、春の舞踏会の会場に足を踏み入れてしまったらしい。この中から恩人を探し出すのは簡単ではなさそうだ。ひとまず会場内を歩いてみようと足を踏み出した時、恰幅のいい男性に思い切り跳ね飛ばされた。踏みとどまれずによろめき、転びかける。すると誰かが僕の腕を掴んで支えてくれた。

「こういう場所では、不用意に立ち止まらないほうがいいと思うよ？」

聞き覚えのある穏やかな口調に顔を上げると、目の前に探していた恩人がいた。

「やぁシオン、こんなところで会えるだなんて奇遇だね。元気そうで安心したよ」

人当たりの良さは以前と変わらない。けれど今日はやけに白々しく感じる。

「お久しぶりです。あの……」

そういえば、この人の名前すら知らない。なんと呼ぶべきか迷ったが、彼の装いを見て、嫌な予感がした。

白地に黒絹糸で刺繍が施された衣装、華やかな印象を際立たせるペリースマント。どう見ても先ほど対面したアルフォンス陛下と似すぎている。

まさかと身構えると、彼は優雅に一礼をして見せた。

「そういえば名乗るのは初めてだったね。私はユリウス・フロー・ド・ソレイユ。一応王族なものでね、君に畏まられるのが嫌で名乗れなかったんだ」

それはアルフォンス陛下の兄であり、ソレイユの宰相(さいしょう)たる人物。れっきとしたソレイユの王子の名前だ。

押し黙る僕の反応に満足したのか、彼は涼しげな笑顔を浮かべて見せる。

どこの王室も複雑な問題を抱えているが、ソレイユでも昔、王位継承について議論が重ねられた時期があった。

元々王室に男子が生まれず、傍系である前国王が王位を継いだ。その後継者のアルフォンス陛下は幼い頃は病弱で、万が一の王位継承者候補として親戚筋から迎えた養子がユリウスのはずだ。

なので兄といっても義兄になるのだが、陛下より五つ年上で才色兼備、有事には安心して国を任せられる人物と評価され、古参貴族たちの間では、次の王にユリウスを望む声も多く上がっていた。

けれど数年前、前国王が死去した際、王位を継いだのはアルフォンス陛下だった。

大人になるにつれ健康問題が解決したから、と言うのが理由だったけれど、その結果ユリウスは宰相として国を支える位置に収まった。

本当はユリウス自身も王位を望んでいたとも言われており、陛下と口論をしている姿を見たとか、反王政派と懇意にしているという噂もあり、陛下とユリウスは不仲だとされている。

思っていた以上に厄介な事態に巻き込まれている気がした。けれど、だったら余計に、曖昧な関係を続けるわけにはいかない。

「不躾ではありますが、手紙の件でお話があります」

「そうだね。私たちは一度、腹を割って話すべきだと思っていたんだ」

意外にも前向きな発言に、一瞬希望がよぎった。

「簡潔に言うと、君の意見は聞き入れられない。なぜなら君があまりにも有望すぎて、手放すのが惜しくなってしまってね。報酬は上乗せするから、考え直してくれないかな?」

柔らかい口調のまま告げられたのは、あまりにも一方的な要求だった。

「お断りします。僕はもうあなたには協力できないって、何度も……！」

「よくわからないんだが……君はあんなことをしたくせに、都合よくノアの側に居られると、本気で思っているのかい？」

微笑を崩さずに問われた内容に、体が強張る。

「ずっと考えていたんだ。なぜ君はあの写真を私に送ったんだろうって。私の予想では、その場にもっと奴の弱みになりそうなものがあったはずなのに」

確かに、あの場所で見た物の中にはテロが起きた場所の資料もあった。そちらの方が確実にノアを追い詰める証拠になっただろう。

「君は、あの写真に写るノアが許せなかった。それで私に送りつけた。あわよくばノアが少々痛い目に遭えばいいと考えて」

当時の心情を見透かされて目を伏せると、彼は皮肉めいた微笑みを浮かべる。

「自分の手を汚さずに報復ができる、実に賢いやり口だ。私も細心の注意を払って行動しているから、まだノアにはバレてないはずだよ。君が私と手を組んで、ヴィラール家に潜入したことも、君の嫉妬のせいで、やつが怪我を負ったこともね」

次々と痛いところを突かれて、何一つ反論できなかった。

「その様子だと、ノアにはまだ何も打ち明けていないんだろう？　どういう心境なんだい？　私には、好きな人を騙しながら側に居続けることなんて、考えられないけれど」

とどめの言葉が、容赦無く胸に突き刺さる。ユリウスの言う通り、僕はノアに謝罪するどころか、当初の目的すら打ち明けていない。

ノアを支える存在になろうと決意した。けれど僕にそんな資格があるのだろうか……。

「とはいえ、少し同情するよ。なぜあんなやつに絆されてしまったんだか……これは善意からの忠告だが、やつは君が思っているほど誠実な男じゃない。だいたい、肝心のノアは一体どこにいるんだ？」

「……少し席を外しているだけです」

「同伴者を放り出して？　王宮まで来てこそこそと、一体何をしているんだか」

嘲笑うような口調に違和感を覚えた。見ると彼は珍しく余裕のない表情をしている。

「ところでシオン、例の写真の件で聞きたいことがあるんだが……君が見たものの中に、同じ人物が何度も写っているものは無かっただろうか？」

質問の意図を理解できずにいると、ユリウスはさらに続けた。

「それから、ノアの動向で気になる点はないか？　例えば誰か特定の相手と度々連絡を取っているだとか、同じ差出人から頻繁に手紙が届いたりはしていないだろうか？」

じりじりと歩み寄られて後ずさると、ユリウスは僕の腕をがしりと掴んだ。

「じっくり聞かせてほしいから、私のサロンに移動しよう。お茶くらいはご馳走するよ」

「いえ、遠慮します」

振り切ろうとすると、ユリウスは素早く耳元で囁く。

「君に断る権利はない。ノアに全てをバラされたくなければ、一緒に来てもらおうか」

あからさまな脅迫は、この人らしくない気がした。何がそこまで余裕を失わせているのだろう。強く腕を引かれた時、間に割って入る人物がいた。

「俺の同伴者に何か用でも？」

威圧的な口調で、僕をユリウスから引き剥がしたのはノアだった。すぐさま僕の肩を抱きよせると、くるりと回れ右をする。

「大丈夫かシオン、かわいそうに、面倒な奴に言い寄られて、さぞ迷惑だっただろう」

僕を気遣いながらユリウスから遠ざかろうとしたが、ユリウスが「待ちたまえ……！」と震える声で呼び止める。

「ヴィラール伯爵、無礼な言いがかりはやめてもらおうか！」

ノアはぴたりと足を止めると、明らかに怒気を含んだ表情でユリウスを睨みつけた。

「俺のパートナーはこういう場所に不慣れでな。初々しくてつい声をかけたくなる気持ちはわかるが、俺のツレだ。手出しはやめてもらおう」

悪辣な脅し顔で牽制すると、ユリウスは眉を震わせながら、笑顔を取り繕った。

「手出しだなんて、誤解を招く言い方は控えてくれ。相変わらず失礼というか、デリカシーがないやつだ、子供の頃から何も変わらないな！」

「おまえは随分とひねくれたな。陛下をこれ以上困らせるなよ」

ノアの言葉はユリウスの怒りをさらに煽ったらしい。だが彼は深呼吸を繰り返し平常心を保とうとしている。ノアはそれを面倒臭そうに眺めた。

片やこの国の王族にして宰相、もう一方は悪名轟くヴィラン伯爵。

二人の対立は、徐々に会場の注目を集め始めていた。この場をどう収めたらいいのか途方に暮れていると、二人に近づいてくる人物がいた。

「二人とも、挨拶はそれくらいにしてください」

穏やかながらも凛とした声で二人を窘めたのは、アルフォンス陛下だった。

これ以上騒ぎを大きくしないよう、二人に視線を送ると、僕らを促し、大広間の外へ先導した。人目を避けて、誰もいない中庭に出てようやく、陛下は小さく息をつく。

「それで、一体何があったのですか？」

「何って、ノアが言いがかりで私を貶めようとしたのさ。まさか私が悪いとでも？」

ユリウスは開口一番、自らの正当性を訴えたが、ノアはそれを一蹴する。

「おまえがシオンに言い寄っていたから止めただけだ」

「言い寄ってなどいない！　誤解を招く言い方はよせと何度言えばわかる！」

再び睨み合う二人を前に、陛下は戸惑いながら訊ねる。

「兄上は、シオンさんのような方がお好きなのですか？」

「アルフォンスまで何を……！　私が好きなのは、いつも明るく朗らかで、自らが辛くとも他人のために心を砕くことができる、天使のような人だ！」

ユリウスの力強い釈明を聞いた陛下の表情が、どんどん曇っていく。それに気づいたノアが陛下を気遣う様子を見て、ユリウスは嘲りを露わに言った。

「……おや、私のつまらない話で気分を害してしまったなら、ノアと二人で控え室で休んでいてはどうだい？　後のことは私が引き受けよう」

ひらりと手を振り立ち去ろうとするのを、陛下が慌てて引き止めた。

「待ってください兄上、そういうわけじゃ……」

「頼れる従兄弟殿に慰めてもらえばいい。だが、王ともあろう者が、事あるごとにノアに泣きついてばかりというのは、少し心配ではあるがね」

ユリウスの言葉にノアは鋭い目を向けたが、陛下は手で制した。そして背筋を伸ばして、ユリウスに向き合う。

「情けない姿を見せてすみません。助言をありがとうございます、兄上」

嫌味としか思えない忠告を素直に聞き入れる姿は立派だ。それでよけいに、ユリウスに憤りを感じた。

二人の間に複雑な事情があるにせよ、陛下は義兄であるユリウスが大好きだと言っていた。今のやりとりからも、歩み寄ろうとする陛下に対し、ユリウスが一方的に敵対心を向けているように見える。王になれなかった腹いせだとしたら、随分と大人げない。

腹立たしい気持ちで目を向けると、ユリウスは今にも泣き出しそうな表情で陛下を見て

いる。

……どんな感情？　と困惑しているうちに、ユリウスは今度こそ踵(きびす)を返してしまった。

今見たものがなんなのか理解が追いつかない。だけど今は陛下のことが気がかりだった。見ると、小さく肩を落としてため息をついている。

「陛下、大丈夫ですか？」

辛いはずなのに、陛下は申し訳なさそうに微笑んで見せた。

「いつものことです。それよりすみませんでした。シオンさんにまでご迷惑を……」

「そんなことは……それより、いつもとは？」

「兄は、ある時を境にとても厳しくなって……でも、昔はノアと兄と三人でよく遊んだんですよ、本当は優しくて、とても思慮深い人なんです」

必死に擁護する姿に胸が痛んだ。励ましてあげたいけれど、何を言うべきか分からない。するとノアが呟く。

「あいつ西の庭に向かったぞ。あれだけ悪態をついたなら、また池に飛び込むかもな」

耳を疑うような言葉だが、陛下は思い当たる節があるのか、慌ててユリウスを追いかけていく。見送るノアも気がかりなようだ。

「ええと、またってどういうことですか？」

「半年ほど前、ユリウスが今と同じようにアルに厳しい言葉をぶつけた後、自己嫌悪に陥り、衝動的に池に飛び込んだらしい。水位は浅いから溺れはしないが、なかなか陸に上がろうとしないので、最終的に従者たちが力ずくで引き上げたそうだ」

「なんて迷惑な……！　行かなくていいんですか？」

「ユリウスを宥めるには、アル一人のほうがいい」

「じゃあ遠くから様子を見守るのは？　僕はさっきの応接室で待っていますから」

促すと、ノアは少し悩んだ後「もしもの時の引き上げ要員だけ配置してくるから、絶対に応接室にいろよ」と言って二人の後を追いかけた。

陛下とノアとユリウス。幼馴染だったと言うけれど、今のやりとりからは、仲が良かった時期があったなんて想像できない。ユリウスは二人に強い反感を抱いているように見える。特にノアに対しては憎しみすら感じる。三人の間に何があったんだろうと思案しているうちに、応接室に戻る道を間違えてしまった。

いつの間にか、大広間に続く回廊にいることに気づいて足を止めたが、急に立ち止まったせいで、後ろを歩いていた人物の進路を塞いでしまった。

「失礼しました」

「いや、こちらこそ……」

謝罪した相手は同年代の男性だった。一歩下がったところに、友人らしき二人もいる。面識はない……はずだが、彼は僕を見て、面白いものを見つけたように瞬く。

「もしかして、エルメールじゃないか？　久しぶりだな」

名前を言い当てられたが反応できずにいると、彼は皮肉っぽく名乗った。

「ギュスターヴ・モランだ。といっても覚えてないか。エルメール子爵家様からしたら、存在すら認識するに足らない成金貴族だからな」

確かモラン家は近年事業で成功を収め、男爵位を得た新興貴族のはずだ。彼が僕を見知っているというのなら、同時期に高等学校に在籍していたのだろう。ただし、あまり良く思われていないようだ。しかも酒に酔っているのか、足元がふらついている。関わらないほうが良さそうだと判断した僕は「急いでいるので」と告げて立ち去ろうとした。

「そういえば！　社交界に出た途端、華々しくスキャンダルデビューしただろう？　あれ意外だったな。大人しそうな顔してるのに、やることやってるんだって」

不躾な発言に面食らうと、男の顔が意地悪そうに歪んだ。背後に控える友人たちも、面白そうに含み笑いしている。

「それに、没落した子爵家令息が、どうして王宮の舞踏会に参加してるのか不思議だったんだけど……まさかヴィラン伯爵の愛人に収まったとはねぇ」

言いながら僕の左腕を掴み、薬指に嵌まる指輪を図々しく眺める。

そうされた途端、燃え上がるような怒りに駆られた。

相手にする必要はない。振り切るように踵を返したが、肩を掴んで引き止められた。

「なぁ、話のネタに教えろよ。ヴィラン伯爵って裏で相当遊んでるんだろ？　この間も女に刺されたって話だし、愛人ならもっと面白い修羅場も知ってるんじゃないか？　極悪な犯罪者ほど異常性癖とか持ってるって言うし、意外とお前もそれにハマってたりして？」

どうしようもなく低俗な発言を受けて、憤りが沸点に達した。

「失礼ですが、聞くに堪えないので、口を閉ざしていただけますか？」

肩に置かれた手を払いながら言うと、彼は少しポカンとしてから、猛烈に怒り出した。

「おい、なんだその口の利き方は！　立場をわきまえろよ、失礼だろう」

「失礼なのはあなただ。知りもしないで軽々しくヴィラール伯爵を語らないでください」

強い怒りを込めて睨み付けると、男はたじろいだ様子で動きを止める。

その隙をついて彼の腕を掴み、壁際に追い込むと、渾身の力で足を踏みつけた。

「僕はヴィラール家の執事です。主人を愚弄されて黙っていられるわけがない。とはいえ、あなたの足りない頭じゃ理解できないのは当然だ。伯爵がどれほど勤勉で誠実で忍耐強いか、本当は優しくて笑った顔がすごく可愛いだなんて事実は、僕や信頼できる人たちが知っていればそれでいい。だからあなたには『その馬鹿な口を閉ざせ』と至極簡単なお願いをしているわけですが、ご理解いただけますか？？？」

足に力を込めながら忠告していると、彼の友人二人が慌てて僕を引き剥がした。

「お、おまえ、使用人の分際でこんなことをして、ただで済むとでも……」

追い詰められていた男が涙目で訴えたその時。

「どうなると言うんだ？」

冷ややかな声が問いかけた。背後から漂う不穏な気配に、三人は恐る恐る振り返る。そこには、地獄を牛耳る悪魔のような顔で佇むノアがいた。

「楽しそうだな。よければ俺も混ぜてくれ」

ほんの一声で、その場の温度が二、三度下がったような気がした。僕は多少耐性があるが、三人にとっては恐怖でしかないのだろう。今や小刻みに震えている。

「俺の執事と話がしたいなら、まず俺を通してもらおう。特に、真ん中のおまえ」

僕に絡んでいた男に、ノアは険しい視線をぶつけた。

「俺の何を聞きたいって？」

威圧された男は青ざめながら「すみません、ちょっと酔ってて……」と言葉を濁した。しかし、ノアの追及は止まない。

「そうか。じゃあ話の前に、まずは頭を冷やしてこい」

ノアが指差した先には、中庭で優美な水しぶきを上げる噴水がある。

「三人まとめて今すぐ飛び込め。水に浸かれば、多少頭がはっきりするんじゃないか？せっかくの服が濡れてはいけないから、この場で脱ぐことを許そう。ほらどうした？　あまり俺を待たせるな」

ノアの命令に追い詰められた三人は、しばらくの間言葉もなく立ち尽くしていたが、一人が耐えきれなくなったのか「わぁぁぁ！」と声を上げて逃げ出したのを見て、残る二人も我先にと逃げ出した。

ノアはそれを冷たく見送ると、咎めるように僕を見た。

「シオン、応接室にいるんじゃなかったのか？」

「それが、たどり着く前に、絡まれてしまいました……！」

息巻く僕を見かねたのか、ノアは宥めるように背中を擦ってくれた。

「落ち着け。少し休もう」

促されるままに歩き出す。その時、回廊で歓談していた人たちの好奇の視線に気づいた。今の出来事は、ノアの新たな噂になってしまうかもしれない。

今更、自分のしでかしたことを後悔した。

王宮を出て、広い庭園を通り抜けるように進むと、たどり着いたのは背の高い生垣に囲まれた区画だった。ノアはその一角にある門を開けて中に入る。

「ここなら誰も来ない。ほら、肩の力を抜いて、深呼吸しろ」

大きく息を吸うと、花の香りがした。見るとそこは、整形式庭園とは違う、温かみのある庭だった。それほど広くはないがきちんと手が入っており、中央には満開の藤の花が美しく咲き誇っている。

木の下は淡い色合いの敷石で覆われていて、一休みするのに丁度よさそうな白いベンチが設置されている。

「ここは？」

「アルフォンスの庭だ。休むにはちょうどいいだろう」

ベンチに腰掛けると、花が頭上から降り注ぐような錯覚を覚える。

優しい香りに包まれているうちに、怒りが収まり、先ほどの自分の行動を省みた。執事として間違っていたとは思わない。けれどあの場では悪手だった。

「ノア、僕は……また軽はずみな行動をしてしまいました。すみません」

いつも問題を起こした後で後悔してばかりだ。深く頭を下げると、ノアはくっと喉を震わせた。

「なんで謝るんだ？　おまえがあいつを壁に押さえつけていたのには驚いたが、俺を庇ってくれたんだろう？　嬉しかったぞ」

ノアは心底愉快だとばかりに笑う。

「それに、おまえが行けと言ってくれたおかげで、ユリウスが池に飛び込むのを阻止できた。アルも一安心していた」

飛び込もうとしていたという事実に一抹の不安を覚えたが、陛下が気に病まずに済んで良かった。

「お前にしてみれば、俺も大概過保護に見えるだろうが、アルは俺にとって弟みたいなものだ。今引き受けている仕事も、アルを守るためにしている」

「陛下を？」

「ああ。近く国の仕組みが大きく変わる法案審議が控えている。それに反発する一派のせいでアルの周囲が騒がしい。公表されてないが、先日も暗殺未遂事件が起きたばかりだ」

「えっ……！」

「それで急遽、極秘裏に護衛を増やすことになった。今日はその顔合わせだ。従兄弟とはいえ、俺が王宮に出入りしていると、目ざとく見つけて煩く言う輩がいる、だから舞踏会だなんだという時は、ほぼ毎回、招待という名目で呼び出される」

「そうだったんですか……」

疑問に思っていたことが一つずつ解けていく。暗殺という物騒な言葉には驚いたけれど、国王ともなると珍しいことではないのかもしれない。

「アルはソレイユの政治体制を、現在の絶対君主制から立憲君主制に移行しようとしている。アルの父親である先代国王の時代から準備が進められていたが、反対派もいよいよ追い詰められているようだ」

反対派というのは古参の貴族たちで「傍系の王が勝手に国を変えようとしている」と強く反発しているらしい。

「本音は、自分たちの権威が弱まることに危機感を募らせているだけだ。これまで貴族というだけで甘い汁を吸っていた分、それが揺らいでは困るんだろう」

前国王の「時代に沿った政治を」という理念に対し、王室は概ね賛成しており、貴族や政治学者も大半は賛同の意を示しているという。

「それにアルは父親の才能を引き継いでいる。反対派は若いからと舐めていたようだが、奴らが提示した問題点をアルは議会で見事に論破してみせた。それ以来、なりふり構っていられなくなったのか、失墜を狙った謀略や、暗殺が企てられるようになった。エルメール家が関わった倉庫も、出どころのわからない武器や違法薬物が運び込まれる密輸の温床になっていたので、いっそ消滅させれば話が早いと思って燃やしたわけだが……」

聞けば他のテロ事件が起きた場所も、反対派の拠点だったようで、放っておけば陛下の安全を脅かす可能性があった。

「つまりノアは、陛下のために、犯罪の温床になりそうな場所を壊していたんですか？」

「そういうことだ。俺が単独で動いているように見せかけて、裏で軍の特殊部隊を指揮している。ただ、現状シオンの父上のように、無関係な民間人にも被害が出てしまっているわけで、もう少し穏便に事を済ませたい気持ちもあるんだが……俺が関わると、なぜか相手の出方も過激になるというか……」

犯人も、ノアに追い詰められたら怖くて錯乱してしまうのかもしれない。

「ユリウスならもう少しうまくやれるはずだが、あいつは反対派と懇意にしているという噂もあるからな……」

それならばユリウスが僕に対し「ノアを探れ」と言ったことも腑に落ちる。ただ、昔は仲が良かった三人が、なぜ今はバラバラになっているのか余計に気になった。

「以前のユリウス様は、あんな感じじゃなかったんですか？」

「ああ。おかしなやつだが、あんな風に突っかかってこなかった。だが徐々に俺を目の敵にし、アルに冷たい態度を取るようになった。あの頃、アルは恋煩(わずら)いで塞ぎがちで、そのせいで俺もユリウスの動向に目が向かなかったんだが……」

ノアは何度か理由を問いただそうと試みたが、ユリウスは会話自体を拒否した。

そうこうしているうちにリュカ様が特殊任務につくことになり、ノアはユリウスと仲違いをしたままソレイユを出た。

「ユリウスは抜け目がなくて小賢しく、目的のためなら手段を選ばないやつだが、アルフォンスに対してはいつも良き兄として接していた。だが俺が帰国してみると、アルにも厳しく当たるようになっていた。アルに話を聞いたが、理由はよくわからないという」

確かに先ほどのユリウスは、陛下に対してとげとげしい態度を取っていた。けれど一瞬見たあの表情が引っかかる。

「……単に、素直になれないだけだったりして」

なんとなく感じたままを口にすると、ノアは「は？」と眉間に皺を寄せる。

「いい大人が？　……万が一そうだとしたら奴のことは『不器用』を超えて『絶望的』と称するべきじゃないか？」

一国の宰相につけていいあだ名ではない。幼馴染だからできる業だと、笑いを堪えていると、ノアはふと思い出したように瞬いた。

「そう言えば、さっき俺のことを褒めていただろう、可愛いと聞こえたんだが……」

「あ、あれは。あいつらがよく知りもしないで適当なことばかり言うので、つい」

切り返すとノアは、小さくため息をつく。

「なんだ……告白かと思ったのに」

「ノアには相手がいるんですから、僕に告白されても困るでしょう。それより、その方にはいつ挨拶させていただけるんですか？」

際どい冗談に急いで話を切り替えた。ノアにとって楽しい話題のはずだ。けれど彼は、重苦しい面持ちになってしまう。

「それが、相手は俺が求婚したことに気づいてなかったらしい」

「……そんな鈍感な人、この世にいるんですか？」

驚きのあまり訊ねると、ノアは眉間を押さえながら続けた。

「根が真面目すぎるんだろう。鈍感で色恋沙汰に疎いし、時々意固地になったり、無理をしたり、勘違いして暴走したりする。意思表示は全力でしているつもりなんだが……」

ノアをそこまで翻弄するだなんて、只者じゃない。鈍感、ド天然……にしたってあんまりだ。なぜそんな人を好きなのか疑問だったが、ノアは目元を少し赤くして付け加える。

「そういうところも含めて、どうしようもなく可愛い……だから俺は、この結婚をあきらめないと決めている」

愛しそうに話すのを目の当たりにして、僕の心は抉られるように痛んだ。

ノアは相手のことをとても大切に思っている。それを痛烈に思い知らされた。

好きな人が、既に誰かのものだという事実が、こうも辛いとは……。

自分の感情をどこに収めれば楽になれるのかわからない。途方に暮れかけた時、頭上の花が風を受けて揺れた。甘く優しい香りが慰めのように降ってくる。ふと隣を見るとノアも同じように頭上を見上げていた。横顔が少し寂しそうだ。僕が想いを寄せる人もまた誰かに恋をしている。その事実は悲しいけれど「片思い」については共感できた。

「あの……僕でよければ相談に乗りましょうか？　一応、わかるので」

「何がだ？」

「片思いの気持ちがです」

するとノアは、雷に打たれたように動きを止めた。

「は？　……おまえ、好きなやつがいるのか？」

本人に言うのはおかしい気もするが、事実なので頷くと、ノアははくりと喘いだ。

「初耳なんだが？　いつ、どこで出会った？　そいつの性別は？」

「好きだと気づいたのが最近だったので。同性の方ですが、とても素敵な人です」

一度口にすると、気持ちを抑えられなくなった。

「その人の支えになりたいと思ってました。味方になりたいと勝手に意気込んでいた。でも……」

理想に心を燃やしていた自分が、今となっては恥ずかしい。

「それは、僕が望んでいいことではありませんでした」

笑顔を取り繕うが、自分でも表情がぎこちないのが分かる。

だからだろう。ノアはそれ以上、何も聞かずにいてくれた。

互いに会話の糸口を見失い、口を閉ざす。そのおかげで音楽が耳に届いた。聞こえてきたのは最近王都のミュージックホールで流行っている、有名なシャンソンだ。

目を閉じて想像した。着飾った人たちが手を取り合い、優美に踊る姿を。社交界は苦手だけど、ダンスの時間特有の煌びやかな雰囲気は、少しだけ好きだった。

ノアも音楽に耳を傾けていたが、ふと思いついたように僕を見る。

「シオンは、踊るのは得意か？」

「練習はそれなりにしましたけど……ノアは？」

「結構上手いと褒められたことがある」

「ええ？　本当に？」

意外な一面に驚くと、ノアは好戦的に微笑む。

「試してみるか？」

ノアは僕の腕を取り立ち上がる。向き合い背中に手を添え、ダンスの基本姿勢をとった。

「そんな、急に言われても、ステップなんかもう忘れてます！」

「どうせ誰も見てないんだから、音楽に合わせて適当に動けばいい」

戸惑っていると、ノアがゆっくりと足を踏み出した。最初は慎重に、僕が動きに慣れるのを見計らってリズムに合わせていく。

ノアのリードはかなり上手かった。ただ、僕がかつて練習したステップとはだいぶ違う。ある種の型があるようだが、自由でめちゃくちゃだ。それが小気味よくてわくわくした。回転するときに体にかかる遠心力すら楽しくて、自然と笑いがこみ上げてくる。

見上げると至近距離にノアの顔があり、彼も楽しげに笑っている。

少しは浮上したか？　と問いかけるような表情に胸が詰まった。

僕には、ノアに気にかけてもらう資格なんてない。嫉妬で馬鹿なことをしたくせに、打ち明けることもせず、隣に居続けようとした。悔しいけれどユリウスの指摘は正しい。

都合のいい考えだった。僕がノアを支えるんだと、当たり前のように意気込んでいた。

けれど、それは僕の役割じゃない。ノアが想いを寄せる相手がすべきことだ。

そしてその人がノアを支えてくれるなら、僕がノアのそばに居続ける理由なんてない。

たどり着いてしまった答えに足が止まりそうになる。けれどノアは僕がステップに迷ったと思ったのだろう、手を引き寄せてリードした。

「どうだ、なかなかだろう?」

自慢げに問われて、僕は苦しい気持ちを強引に追いやり、大きく頷いてみせた。

繋いだ手が熱い。好きな人と踊るダンスが、こんなに楽しいものだなんて知らなかった。音楽がいつまでも鳴り止まなければいい。だけどいつか終わってしまう……。

ならば、この幸せな時間を、一生覚えておきたい。

その一心で、僕はこの瞬間をひとつも取りこぼさないように、必死に心に刻みつけた。

春の気配が強まるにつれ、植物の成長は勢いを増す。無事に芽吹いた裏庭の花は、日々順調に育っていた。

このままいけば、ノアに任された役目を全うできるだろう。ただし、花が咲く頃にはもう、僕はこの屋敷にはいないかもしれない。

舞踏会から帰った後、僕はノアとのダンスを何度も反芻しながらベッドに潜りこんだ。

目を閉じ、耳に残るシャンソンを口ずさむと、幸せな気持ちが溢れてなかなか寝付けなかった。同時に「時が来たらヴィラール家を去るべきだ」と考えて、寂しさに襲われた。

もう二度と、ノアと踊る機会はない。あんな風に体を寄せ合い、見つめ合うこともない。手を繋ぐこともないかもしれない……。そう思うと急に寂しさに囚われて、月明かりの差すベッドの上で、誰とも繋がっていない自分の手を、ただ眺めていた。

どれくらい時間が経った頃か、ふいに男らしい無骨な手が、僕の手に重なった。見ると、いつの間にかすぐ隣にノアがいて、じっと僕を見つめている。

どうしてここに、という疑問より、胸を締め付ける愛しさが優った。

もう一度触れたい。そう思うと体が勝手に動いた。上半身を起こしてノアに近づき、指先でそっと頬を撫でる。ノアは僕の行動を咎めない。それで余計に欲が募った。

体を寄せ、逞しい胸に頬をつける。伝わる息遣いや体温が心地よくて、堪らない気持ちになる。しばらくじっとしていたが、開いたシャツの胸元に傷跡を見つけた。

指先で触れると、ノアは微かに身動きをする。けれど拒まれはしなかった。むしろ優しい目で見つめられて愛しさが募る。

僕は緊張しながら、思い切ってその傷跡に唇で触れた。二度目は首筋へ、三度目は物言わぬ唇に恐る恐る口付ける。

それでもノアは、僕のすることを咎めない。だから今だけは何をしても許してもらえるのではないかと、傲慢な錯覚に陥った。心臓を高鳴らせ、同じように自分にも触れて欲しくて懇願する。

「ノア……！」

厚みのある背中に腕を回す。抱きしめ返してくれることを期待したが、ノアは唐突に僕の体を押し返した。驚いて見上げると、はっきりと蔑みを浮かべて微笑む。

口元が短く言葉を発するように動く。けれど何を言われたのか聞き取れない。

急激に恐怖が全身を支配し、胸が苦しくて息の仕方を忘れた。

どうにか酸素を吸い込んだ時ようやく、自分が夢を見ていたのだと理解した。

ノアが僕のベッドにいる時点で、ありえないと気づくべきだった。

同時に、夢は体にも影響を与えていた。違和感を覚えて毛布の中に目を向けると、下半身は今にも弾けそうになっている。

自分で慰めるしかないのだが、想像するのは「もしノアがあのまま僕に触れてくれたら」という夢の続きだ。張り詰めた性器に触れ、声を押し殺して自慰に耽る。

だが欲を吐き出しても満たされない。それは僕が、体の別の部分での快楽に期待してしまったせいかもしれない。

ノアから借りた本の中には、男同士の愛し合い方が書かれていた。なのでどこをどうすればいいのか、僕はその方法を知っている。

自らの白濁で濡れた指で、恐る恐る後孔に触れた。気持ちがいいかどうかはわからない。けれど「これがノアの指だったら」と想像すると、興奮を覚えた。

そこでも気持ち良さを得られると知ったのは幾度目からだろう。自作したハンドクリームを使うようになった辺りで、もう引き返せなくなっていた。後ろ暗い快楽は途方もなく甘美で、果てる瞬間、満たされる思いがした。

それ以来、何度もノアの夢を見る。その度に自分を慰めずにはいられなくなった。けれど回数を重ねるほど自己嫌悪が強まり、ノアと顔を合わせるのも気まずい。それで以前にも増して温室に籠るようになった。

ノアも忙しいのか、家を空ける機会が増えた。そのせいで最近は、会話すらあまりしていない。

このまま距離が離れれば、気持ちの整理もつくかもしれない……。

そんなことを考えていたある日、ノアが勢いよく温室に飛び込んできた。

「シオン、地方に行く用事ができた。出かけるから準備をしろ」

「……出かけるって、僕も一緒にですか？」

「急に決まった。今回はどうしてもおまえに同行を頼みたい」

戸惑ったが、真正面から強い眼差しを受けてしまえば断るのは難しい。

「はい。でも、どこへ……？」

「サンメリアンだ」

懐かしい街の名前に驚いていると、ノアは力強く僕の手を引いて歩き出した。

屋敷に戻ると笑顔で待ち構えていたリュカ様が、詳しい事情を説明してくれた。

「急なんだけど、アルフォンス陛下の代理として二人にお使いを頼みたいんだ」

大役だと身構えたが、リュカ様は「安心して。内容は実に簡単だよ」と付け加えた。

アルフォンス陛下は毎年この時期になると、休暇で半月ほど王都を離れるそうだ。

滞在先はサンメリアンと決まっており、別荘で身分を隠して過ごす。だが、今回は暗殺未遂事件が起きたことを考慮し、密かに滞在先を変更した。

「陛下は休暇中、必ず挨拶に行く場所がある。君たちに頼みたいのは、そこに陛下の代理としてお土産を届けてほしい、ってことなんだ」

挨拶状と荷物を郵送することも考えたけれど、お土産は相手方のリクエストもあり、毎年サンメリアンの老舗菓子店のカヌレを持参していた。それで代理人を立てることにしたのだと言う。

「信頼できる人にしか頼めない話だから、ノアに依頼が来たんだけど、陛下は『素性をバラさないこと』を絶対条件としている。当然、お使いに行くノアも身分を隠さなければならない。それなら旅行客を装うのが最も自然だろう？　一人より二人連れの方がより自然だ。となると同行者もこちらの事情を知っている人がいい。加えてサンメリアンの地理に詳しい人だと尚嬉しい……というわけで、シオンくんに同行を頼みたいんだ」

　ソレイユの南西に位置する古都。海がほど近く、巨大な河川が横たわる歴史ある学術都市サンメリアン。そこは僕が大学時代の数年間を過ごした第二の故郷のような街だ。美しい街並みは、旅行先としての人気も高い。

「確かに、兄弟とか友人同士での旅行を装えば、誰も怪しんだりしませんね」

「違う。俺が考えた最も疑われないシチュエーション、それは恋人同士だ」

　突然ぶち込まれた作戦方針に僕は目を瞠ったが、ノアは構わず続けた。

「本で読んだが、サンメリアンは恋愛に関する逸話や風習が数多く残っていて『恋人たちの巡礼地』と呼ばれているらしいな。ならばそれに乗じてしまえばいい」

　確かに有名な恋愛作家の霊廟や、恋人にバラの花びらを贈る風習など色々あるけれど。

「だからと言って、何も僕たちまで恋人を装わなくても……」

「偽装工作を舐めるな！　神は細部に宿ると言うだろう、これは絶対に必要なことだ」

　急にもっともらしい意見を突きつけられたが、一体誰に何がバレるというのだろう。

「既にそういう設定で綿密な計画も立てている。抜かりはないから安心しろ」

　言いながら開いた本には熱心に調べたのか、沢山の栞（しおり）が挟み込まれている。どんな計画なのかと身構えると、リュカ様がノアの持つ本を覗き込んだ。

「恋人同士で通り抜けると幸せになれる門に、二人でコインを投げると願いが叶う泉か。面白そうだね！」

さらにロベールさんも背後から本を覗き込み、驚きを露わにした。

「紅茶専門店マリーフレールのサンメリアン支店限定『恋人たちのローズティー』ですか。三缶ほど購入をお願いしても？」

二人の反応に、ノアはどうだ？　とばかりに僕を見る。

「いや、それただの観光ですよね？」

絶対にそのはずなのに、ノアは「そう見えるように予定を組んだ」の一点張りだ。百歩譲って仕事だとしても、よりによって相手が僕だなんて……。

「他に適任者はいないんですか？　お仕事関係の部下の方とか」

「全員他の仕事で手一杯で、おまえにしか頼めない。それに、この仕事を俺たちが引き受けると言ったら、アルフォンスはとても喜んでいたぞ」

色々とおかしい気がするが、断る理由も思いつかない。しかも陛下をぬか喜びさせるわけにはいかない。

「……お役に立てるよう、精一杯がんばります」

仕方がなく引き受けると、直ちに準備が始まった。

聞けば出発は明日だという。あまりの忙しなさにあたふたしている間に、ノアは自分の分だけでは飽き足らず、僕の荷造りまで整えてしまった。

翌日、トランクを抱えて屋敷を出る際には、舞踏会の時同様、屋敷のみんなに盛大に送り出された。中でもリュカ様がノアに対して強めのエールを送っていたので、今回の仕事は相当な大役なのだろう。

王都の東側に位置する駅まで車で送り届けられ、駅舎の中を足早に移動する。

列車がずらりと並ぶホームや、蒸気の匂いには正直心が躍ったし、大好きな街を再び訪れることができるのも嬉しい。

ただひとつだけ理解できないのは、動き出した列車の一等客室で、ノアの膝の間に座らされ、背後から抱きかかえられるような体勢でいることだ。

彼は当たり前のように僕の肩に顎を乗せ、腕を伸ばし、僕越しに新聞を読み始める。

なんという寛ぎ方だろう。個室なので、周囲の目を気にせずに済むのが唯一の救いだ。

「ノア、これはどういう……」

「恋人スタイルだが？」

「こい、スタ……？」

初めて聞く言葉に戸惑い、そっと離れようとしたが、気づいたノアに押さえ込まれた。

「なぜ逃げる？　いざという時ボロが出ないための予行練習でもあるんだぞ？」

「どんな練習ですか！　それにこんな体勢、疲れるのでは？」

「しっかり癒されているから問題ない」

即答する声に迷いがない。どうやらノアはこの設定に本気で挑むつもりらしい。

今朝着替えるように指示された服もよく見ると、またもやノアとお揃いの要素が取り入れられていた。

僕はデザインの効いたシャツとニットのベストに、流行りのロングコート。ノアはカジュアルなジャケットにシャツと一見違うものに見えるが、部分的に生地や色が揃っているので、並ぶと自然とペアに見える。

「それに最近、シオンとゆっくり話せていなかっただろう」

ぎくりと体を強張らせると、ノアは僕の左手を取り、謝罪するようにキスをした。

「忙しくて時間が取れなかったとはいえ、離れていた分の距離を埋めなければ、周囲を欺くことなんてできないと思わないか?」

「はい……まぁ、そうかもしれませんが」

渋々頷いてみせると、ノアは満足したのか僕の前に例の本を広げる。

「では、現地についてからの計画について説明する」

さらに栞が増えている様子を見ると、本気で遊び倒すつもりらしい。

「いいんですか? 仕事なのに観光ばかりして」

「息抜きは必要だ。それにシオンには思い入れのある街だろう。楽しみじゃないのか?」

「当然楽しみですよ、もう二度と行けないかもしれないと思っていたんですから……」

車窓に目を向けると、見覚えのある風景が流れていく。刻一刻と大好きな街に近づいていることが、今もまだ信じられない。

「なら素直に嬉しそうにしてろ。今回の件は、半分休暇みたいなものだ」

珍しく浮かれた様子のノアを見ていると、気を張り続けるのが無意味に思えた。

半分休暇だと言うのなら、仕事の時だけしっかりやればいい。そう気持ちを切り替えると、自然と肩の力が抜けた。

それから数刻後、僕は懐かしい風景の中に佇んでいた。

幾度も戦火をくぐり抜けた風光明媚な街、古き良き物と新しき物が共存するサンメリアンは、以前と変わらない温かさで僕を迎え入れてくれた。


昨年までは当たり前にここにいたのに、随分長く離れていたような気がする。

思い入れのある風景に胸が高鳴る。けれど、何かが日常とは異なっていた。

注意深く周囲を見まわすと、街の至る所にバラ色のリボンが飾られ、どこからか時折花びらが舞い落ちて来る。それを辿って見上げた空には飛行船が浮かんでおり、船体に大きく「ラヴィアンローズ！」と書かれている。そこでようやく重大なことに気がついた。

「あの、忘れていたのですが。どうやら『ラヴィアンローズ』の開催時期のようです」

ラヴィアンローズは、大昔の領主が妻に「あなたの人生が、バラ色でありますように」と願いを込めて早咲きのバラを贈ったことにちなんだ祭りだ。当初は小規模なものだったらしいが、観光協会の努力で、今や盛大なカーニバルに成長した。

「七日間に渡り街はマーケットで埋め尽くされ、昼も夜もパレードが行われ、夜なんて張り子のドラゴンが火を吹きながら街を練り歩く、熱狂と情熱に満ちた、一年で最も混雑する期間なんです」

駅舎に掲げられた横断幕には、今夜が前夜祭、明日から本祭と記されている。その間、交通規制がかかる場所も出てくる。買い物は予定通りに進まないかもしれない。

「スケジュールに支障が出てしまう……こんな大切なことを失念していたなんて！」

案内役としてあるまじき失態だと青ざめたが、ノアは全く動じない。

「別に予定と言っても、滞在期間中に土産を揃えて届ければいいだけだ。なんとでもなる。それより、せっかくだから俺たちも楽しませてもらおう」

「……楽しむんですか？　仕事は？」

「やるべきことさえ押さえれば問題ないだろう。それより前夜祭は何をするんだ？」

「……夜に広場で、カウントダウンに合わせて花火が上がるはずです。そのあとは街中がダンスホールになって、朝まで踊ったり、飲んだり、騒いだり……」

「よし、今日は仕事は忘れて、まずはそれを見に行こう」

ノアの目が期待で輝いている。その様子が可愛くて、僕はあっけなく絆された。

まずは荷物を置きに、宿泊するホテルに向かうことにした。

この街は細く入り組んだ路地に商店が並ぶ旧市街と、整備された新市街が入り混じった構造になっている。古き良きものを大切にする傾向があり、移動手段は未だに辻馬車が主流だ。車も見かけるが、一昔前の小ぶりな幌付きのタイプが多く、王都にはない懐かしさがある。

それほど広い街ではないので、中心部に拠点を構えればどこにでも歩いて移動できる。手配されていたのは、その利点を生かした場所に建つ、サンメリアンで最も名の通ったホテルだった。

ドアマンが礼儀正しく扉を開くと、格調高い内装のフロントは、多くの人で溢れていた。ほとんどが祭りを見物しに来た旅行客だろう。賑わいに圧倒されながら、僕はふと疑問を口にした。

「よくこの時期に予約が取れましたね。出発が決まったのは数日前でしょう？」

「そこは依頼人が権力にものを言わせたんだろう」

さすが国家権力だと感心したが、フロントで手続きをしたところ、問題が発覚した。

本当は二部屋予約していたはずが、ホテルの手違いで一部屋しか用意できなかったらしい。この混雑だしそういうこともあるだろう。ノアも「全く問題ない」と言うので了承すると、通された部屋は、ホテルの最上階にあるかなり立派な部屋だった。

高い天井と大きな窓。調度品はどれも品格があり、整然と並ぶクッションや、書き物台のペーパーウェイトに至るまで、綻びひとつ見当たらない。

バスルームも広々としていて、旧市街が望めるテラスには、観葉植物と優美なガーデニングチェアが並んでいる。そして明るい日差しが届く窓辺に、寝心地の良さそうな天蓋付きのベッドが据えられていた。

「この広さなら、二人で過ごすのにちょうどいいな」

ノアの言う通り、一人だと持て余していただろう。

荷ほどきに取りかかると、程なくしてノアは、落ち着かない様子でベッドの周りをうろつき始めた。

「どうかしましたか?」

何か変なものでも見つけたのかと不思議に思っていると、ノアは真剣な様子で訊ねた。

「おまえは、左と右、どっちがいい?」

「何がです?」

「寝る位置だ」

ノアが枕の位置を丁寧に整えるのを見て、僕は取り出したジャケットを床に落とした。

「え……? いいえ、あの。僕はソファで寝ますよ?」

ベッドは一つしかない。同じ空間で寝起きするだけでも執事としてありえないのに、ベッドはまずい。

様々な問題があるが、何より僕の理性が崩壊する。耐えて二日、三日目には欲求不満を募らせて、深夜眠っているノアを見ながら不埒なことをしてしまうかもしれない。夢のせいで常に悶々としている人間にとって、かなりの試練だ。

しかもノアは最近、僕の目の前で唐突に着替えたり、風呂上がりにタオルがないと呼びつけて、惜しげも無く裸を見せつけたりする。

気を許してくれているのだろうけど、ノアの無頓着な行いに日々劣情を煽られていた。間違いが起きてはいけない、だから線引きが必要だ。なのにノアは子供を窘めるような口調で僕を諭す。

「いいからベッドで寝ろ。恋人に風邪を引かれたら困る。まぁ、熱が出たらまた手厚く看病するけどな」

屋敷に来て早々に起きた事件を引き合いに出され、カッと顔が熱くなる。

「ちゃんと毛布を被って寝るので大丈夫です！」

「見たところ毛布は一枚しかない。ベッドは広いし二人で眠っても問題ないだろう。それに、一緒に寝たほうが、深夜まで気兼ねなくカードゲームをして、くだらない話をしながら寝落ちできて便利だろうが」

なんて楽しそうな提案だろうと面食らったが、同時にノアがとても健全なことを考えていたと知り、自分が嫌になる。

「……一応、毛布がないかフロントに確認してみます。ついでにキャンセルが出たら、部屋を確保してもらえるように頼んできます」

僕は自らの浅ましい考えを悟られる前に、部屋を飛び出した。

大きなホテルだから、予備の毛布の一枚くらいあるはずだ。

急いでエレベーターに乗り込み、フロントに降りると、相変わらず大勢の客がいた。混雑は先ほどよりもひどいかもしれない。

スタッフの手が空くのを待つために隅に避けた時、「シオン」と名前を呼ばれた。

「失礼。ちょっとそこの君、シオン・エルメールだろう?」

声の主は、人混みの向こうから親しげに手を振りながら現れた。

背の高い快活な印象の同年代の男性だ。彼はおどけた仕草で、帽子を外した。

「もしかして、ヒューゴ?」

半信半疑で古い知り合いの名前を呼ぶと、爽やかな笑顔が返ってくる。

「ひさしぶりだなシオン、元気だったか?」

気さくな態度のその人はヒューゴ・ルブランといって、エルメール家同様、古くから続くルブラン子爵家の次男だ。幼い頃から親同士の集まりでよく顔を合わせており、人当たりが良く、いつも大勢の友人に囲まれていた。僕にも感じよく接してくれたけれど、社交界で不名誉な噂が広まってからは、ほとんど顔を合わせなくなっていた。

それにルブラン家は我が家と時期を同じくして、爵位を失ったと聞いた記憶がある。

僕が知っているくらいだから、彼もこちらの状況を把握しているのだろう。その瞳には、親近感と同情が混在しているように見えた。

「久しぶりだねヒューゴ、元気そうでよかった」

「そういえばシオンはこの街の大学に進学したんだっけ？　今日は祭りの見物？」

なんと答えるべきか迷っていると、彼は言いづらそうに口を開いた。

「まさか、ヴィラン伯爵と一緒じゃないよな？　実は変な噂を聞いたんだけど……」

噂という言葉に身構えると、ヒューゴはそっと距離を詰めて、耳元で囁く。

「ヴィラン伯爵が舞踏会に愛人を連れてきたけど、それが元エルメール子爵家令息だって話。没落したシオンを脅して、無理やり愛人にしたんじゃないかって噂になってる」

根も葉もない内容に言葉を失う。出所はなんとなく予想がつくけれど、それにしてもとんでもない作り話だ。

「まさか、そんなデマを信じてるわけじゃないだろう？」

否定したが、ヒューゴは余計にノアに対する不信感を強めてしまったらしい。

「当然、全部を真に受けているわけじゃないけど……伯爵は今、結婚式の準備で忙しいんだろう？　かなりの力の入れようで、つい先日も仕立て屋に婚礼用のフロックコートを二着注文したそうじゃないか。結婚間近の婚約者を差し置いてシオンを連れ歩くってことは、そのほうが都合のいい理由があるんだろう。シオンが伯爵にいいように使われてないか心配なんだよ」

　反論しようとして声が詰まる。ここ最近、忙しかった理由が結婚式の準備だとしたら、僕の知らないうちに求婚に成功したということだ。

　そんな大切なことを、微塵も知らされていない事実に衝撃を受けた。

　それに、これまで相手が女性か男性かすら考えるのを避けていたが、フロックコートということは同性だ。ノアが夢中になるくらいだから魅力的な人なのだろう。真面目で恋に疎くて時々意地を張る人物。朧げだった「相手」の姿が、頭の中でどんどん明確になる。

「とにかく、早急に伯爵から離れることを勧めるよ。それに、少し話したいこともある。今、時間はあるか？　無いなら……」

　ヒューゴは手帳に何かを書きつけ、破いた紙片を僕に握らせた。

「俺もここに泊まってる。部屋番号を渡しておくから、いつでも訪ねてくれ」

「悪いけど……受け取れないよ」

　つき返そうとするが「いいから」と押し返される。意外にも強固な姿勢に戸惑いながら、不毛なやりとりを続けていると、いつの間にか背後にいた人物がメモを取り上げた。

振り返ると、ノアが食い入るようにメモを見ている。そしてヒューゴの目の前でぐしゃりと紙片を握り潰した。

「シオン、この方は？　俺にも紹介してくれないか？」

ヒューゴに圧をかけるノアは、本気で僕に執着している恋人に見えなくもない。これでは余計に間違ったイメージを与えてしまう。

僕は力ずくでノアをヒューゴから遠ざけて、声を潜めて状況を説明した。

「古い知り合いです、偶然再会して、少し立ち話を……」

「ほんの一瞬目を離した隙に、なぜ偶然再会した知り合いに部屋番号を渡されているんだ？　それに……」

ノアは鋭い視線をヒューゴに送る。その眼力に耐えきれなかったのだろう、彼は帽子を深く引き下げながら、ホテルを出て行ってしまった。

「あれは確か、ルブラン家の次男だな？　何を話した？」

「近況についてとか、当たり障りのない話を少々……」

仕事で素性を隠しているのに、迂闊にも第三者と不用意な接触を持ってしまった。申し訳ないと思いながらも、ヒューゴの言葉にひどく動揺していた。

ノアが結婚式の準備を進めているのなら、僕が屋敷を出ていく日は、すぐそこまで迫っている……。

「とにかく、あいつは要注意だ、偶然ならいいが、違うなら理由をつけて再びおまえに声をかけてくるはずだ。ひとりでいる時を狙ってな」

うまく考えがまとまらず曖昧に頷くと、ノアはさらに続けた。

「今後別行動はするな。部屋を変えるのもなしだ。ベッドの件も嫌かもしれないが、我慢してくれ」

そう言えば、毛布を借りに来たんだったと、ようやく思い出す。

「嫌というわけじゃなくて……僕の考えや行動が軽率でした。すみません……」

結局ノアの足を引っ張っている。謝ると、ノアは僕を促しエレベーターに乗り込む。

「用心すれば問題ない。それより、少し部屋で休んだら、食事がてら前夜祭に連れて行ってくれ」

ノアの提案に、申し訳なさを噛み締めながら頷いた。

街が夕暮れに染まり始めた頃、ホテルを出て、地元で人気のビストロで食事をした。

浮き足立った街の様子は見ているだけで楽しくて、時間が過ぎるのが早く感じられる。

頃合いを見ながら店を出て街の中央の広場に向かう。目的地に近づくにつれて次第に人の数が増えてきた。皆思い思いの服装に身を包んでおり、中世のドレス姿の女性たちや、動物を模した被り物をつけた子供たちが、笑顔を交わしながら歩いている。

ラヴィアンローズの期間は、どの通りも頭上に色鮮やかなガーランドが飾られ、街角にランプやキャンドル台が設置される。その柔らかい灯りも心を躍らせた。

人の流れに乗って歩くうちに、開けた場所に出た。

河川沿いに整備されたレゼル広場はこの街の象徴で、それを守るように一対の建物が、両翼を広げる形で連なっている。元はかつてこの地で暮らした双子の公女のための居城で、今では右側が博物館、左側が美術館として市民に愛されている。

雄大な川の傍らに広がる憩いの場所が、今日は見渡す限り人で埋め尽くされていた。楽器を奏でる人、それに合わせて踊る人、寄り集まって酒を酌み交わす人。カルーセルも設置されていて、子供から大人まで皆一様に楽しんでいる。

ふいに甘栗の香ばしい香りがして目を向けると、群衆の中に小さな露店が立っているのが見えた。他にもガレットや惣菜を売る店、バーカウンターまでもが並んでいる。近くを通りかかった際、店の主人にセレモニー用の祝い酒の入ったグラスを渡された。どうやら道ゆく人に手当たり次第、振舞っているらしい。

あまりの陽気さに、僕とノアが顔を見合わせて笑った時、はるか前方に設けられたステージで盛大なファンファーレが鳴り響いた。

急いで広場の中央モニュメント近くに移動すると、ステージの上で市長が大きく腕を振りながら、観衆にカウントダウンを促し始める。

そしてついに興奮が最高潮になった次の瞬間、上空に花火が打ち上がった。

夜空に花開くそれを、怒涛の歓声と拍手が祝福する。

「ラヴィアンローズ！」と声が上がる中、僕とノアも高揚に焚きつけられるようにグラスを打ち鳴らし、中身を一気に飲み干した。

祝福のテープや紙吹雪が宙を舞い、楽団が陽気な音楽を奏で始める。ここからは、明け方までダンスパーティーが続く。

広場が熱気に包まれていく様を、ノアは楽しげに眺めている。その表情が見られたことを嬉しく思った。

ヴィラール家を去るまでに、あと何回、ノアの笑顔を見られるだろう。

華々しい祭りの開幕は、ノアとの別れを予感させた。

翌日、朝食を食べ終わると、僕らは早速仕事に取り掛かった。

贈り物のリストを手に街へ繰り出し、旧市街にある書店、おもちゃ屋、衣料品店などを次々と回る。地元で有名な老舗菓子店でもカヌレを大量に購入する予定だったので、買った物は全て、明日の朝までにホテルに届けてくれるよう手配しながら動いた。

ラヴィアンローズの初日でどこも賑わっていたけれど、昨夜、回る店の順序をノアと念入りに確認したおかげで、かなり効率よく用事を済ませることができた。

「時間が空いた分、ゆっくり街を散策できそうだな」

カフェで少し遅い昼食を取りながら、ノアは上機嫌で言う。

観光はノアにとって絶対に外せない目的らしい。最も強く希望していたロランス大聖堂はこのカフェの近くだ。

「じゃあ、まずはそこから行きましょうか」

店を出て促すと、ノアは意気揚々と腕を差し出した。

「え……と、ノア？」

腕を組めとばかりの仕草に戸惑うと、ノアは怪訝そうに眉を寄せる。

「どうした？　早く腕を取れ」

そういえば恋人という設定だった。昨夜一緒のベッドで眠ったものの、お菓子を食べながらカードゲームをしている間に寝落ちするほど健全な空気に包まれていたため、失念していた。それを目ざとく見抜いたのか、ノアは呆れたように目を細める。

「おまえな、遊びじゃないんだぞ。真剣にやれ」

厳しい指摘を受けてそろりと肘に掴まる。けれど、距離がよくわからない。離れると歩きづらいし、近いと寄りかかってしまう。きっと重いはずだ。それならいっそ下から支えるのはどうだろう。試していると、ノアはさらに不服そうな表情を浮かべた。

「怪我人の介助でもしているつもりか？　デートだぞ？　親密さを出さなくてどうする」

「そんなことを言われても……」

介助と言われたことは心外だが、正解がわからないのだから仕方がない。途方に暮れていると、ノアは何かに思い至ったように目を瞠る。

「それともまさか……したことがないのか？　デートを、誰とも？」

経験不足を言い当てられて、屈辱に眉を寄せる。本当にデリカシーのない人だと無言で訴えると、ノアは不器用な咳払いをした。

「それはその、悪かった。じゃあ、もっと初級者向けでいこう」

言いながら、僕の手を丁寧に握った。指を隙間なく絡ませ、優しく力強く包み込む。

「こうして互いの存在を感じながら歩けばいい。時々俺の方を見るのを忘れるな」

ノアのアドバイスに従い一歩踏み出す。いつもはもっと早足のはずなのに、僕に寄り添うように歩調を合わせた。そして時折、愛しげな目を向けてくる。

……確かに、本物のデートみたいだ。

照れ臭さに目を伏せる。ただ手を繋いで歩くだけで、心臓が破裂しそうだった。

その状態で最初に向かったのは、数々の恋物語を書き上げた作家の霊廟があるロランス大聖堂で、恋に悩む人たちが願掛けに訪れることで有名なサンメリアンの名所の一つだ。

次に向かった幸せになれる門や、コインを投げ入れる泉も含め、ノアがピックアップした場所は、どこも「願いが叶う」という逸話のある所ばかりだった。既に好きな人と結婚が決まっている人間にしてはおかしい。もしかしたらマリッジブルーに陥っていて、願掛けをせずにはいられないのだろうか。

主な場所を回り終えると満足したのか、次はマーケットをのんびり歩こうと僕を促した。珍しい香辛料や、食べ物が並ぶ店先を覗き、紅茶や日持ちする茶菓子を、屋敷へのお土産として買い込んだ。

気軽に食べ歩くのに丁度いい飴菓子を頬張り、街角を賑わせる大道芸を眺める。庶民的な楽しみ方だが、ノアもそれなりに満喫しているようだ。

路地の先の噴水広場に差し掛かった時、ノアがバラを売る露店の前で足を止めた。

「ラヴィアンローズでは、大切な人にバラを贈る習慣があるんです。街の至る所で大量のバラが売られる光景も、風物詩の一つなんですよ。それから……」

解説していると、頭上からひらりと、赤い花びらが降ってきた。

通りに居合わせた人々が歓声を上げる。もしやと思って空を見上げると、天高く航行する飛行船から、大量の赤い花びらが舞い落ちてくるところだった。

太陽の光を受けて輝きながら、街に降り注ぐ。その光景が奇跡みたいに美しくて、思わず見とれた。

「よかったですねノア、『バラの祝福』ですよ」

「なんだそれは？」

「降ってくる花びらを浴びた人は一年分の祝福を授かり、地面に落ちる前の花びらを恋人に贈ると、一年間は別れずに済むと言われています。祭りの期間中、予告なしに行われるイベントなので、遭遇できて幸運でしたね」

周囲に目を向けると、誰もが頭上から降る花びらに手を伸ばしている。祭りの中で僕が一番好きなのも、このバラの祝福だった。

「つまり、花びらを渡せば、別れずにいられるのか？」

「そう言い伝えられてます。しかも、この中にほんの数枚、青いバラの花びらが紛れていて、それを好きな相手に贈ることができたら、生涯離れずにすむらしいですよ」

実際に目にしたことはないので都市伝説みたいなものだろう。けれどノアは真剣な顔で頭上に目を凝らし「少し待ってろ」と言いながら、身軽に噴水の縁に上がった。

ノアが素早く空中に手を伸ばす。何をしているのだろうと見守っていると、戻ってきて、掴み取ったものを僕に差し出した。

「これか？」

青い花びらだった。驚いて口を開けると、周囲に居合わせた人々も、ノアが差し出したものに気づいてぎょっとしている。

「え……？　なんで？　どうやって？」

「丁度、降ってきたから取ってきた。受け取れ」

ノアは僕の手に花びらを握りこませる。

「ありがとう、ございます」

礼を言うと、ノアは満足そうに頷いた。

話の最中に偶然見つけたから、取ってきてくれたのだろう。

それでも嬉しかった。ノアが僕に花びらを贈ってくれることなど、もう二度とない。

そう思うとどんな宝石よりも価値があるように思えた。

花弁を丁重にハンカチで包み、ジャケットの胸ポケットにしっかりと収める。

手を当てると、その部分が淡い熱を発している気がした。


この街に来てから二日間、僕とノアは同じベッドを使った。しかし一切の問題を起こさずに、平和な朝を迎えることができていた。

そして滞在三日目。雲ひとつない晴天に恵まれた街は、朝から大掛かりなパレードが行われる予定で、昨日よりもさらに熱気が増している気がする。

そんな中、頼んでおいた品物が全て揃ったという連絡が届いた。

朝食を終えると手配した辻馬車に荷物を詰め込み、いよいよ陛下からの任務を遂行するために目的地へ向かった。

僕らの役目は、街の北の外れにある小さな教会に、陛下の代理として、贈り物を届けることだった。

訪れてみるとその地区は街中とは違い、長閑な雰囲気が漂っていた。涼しげな森に面した道を進んだ先に、目的の白い外壁の教会と宿舎がある。

用意した贈り物はそこで暮らす身寄りのない子供たちのための物だった。

突然訪れたにも拘わらず、ノアが「アルの代理で来た」と手紙を渡すと、老齢の神父様は快く迎えてくれた。

最初はノアの威圧的な佇まいに警戒していた子供たちも、カヌレが詰まった箱を差し出すと心を開いてくれたようで、気づくとノアは、めちゃくちゃに懐かれていた。

面倒見がいいノアらしく、小さな子供たちの相手をしながら、無茶をしないか、目を光らせている。

その姿を微笑ましく眺めながら、僕は神父様から色々な話を聞いた。

少し風変わりな交友が始まったのは今から四年前。陛下がこの近くを一人で散策していた時に体調を崩し、神父様と子供達が介抱したのがきっかけだったらしい。

幸い陛下はすぐに回復し、その翌日、沢山の手土産を持ってお礼に訪れた。それ以来、毎年欠かさず遊びに来るのだと言う。

四年前と言えば陛下はまだ十代で、王位継承前だ。絵姿や写真はほとんど出回っていなかったはずだし、普通は王太子が一人で出歩くだなんて思わない。だから神父様も子供達も、助けた少年が誰なのか気づかなかった。

陛下は肩書き抜きに接してもらえることを快く感じたのだろう。身分を明かせば手土産ひとつ差し出しても「下賜」になってしまう。彼らとただの友人でいるために、陛下は素性を隠し続けている。

「私があの子について知っているのは、名前と、この時期にこの街に遊びに来ることだけ。きっと話したくない理由があるのでしょう。人には皆、秘密がありますからね」

その言葉にどきりとすると、神父様は穏やかな瞳で僕を見た。

「言いたくなければ言わなくて構わないんです。ただ『秘密』は、本人が思っているほど大したものではないこともある。あの子がそれを気に病んでいないかだけが心配です」

そう言って憂うように陛下からの手紙に視線を落とす。

「来年は必ず来ると言っていました。会えるのを楽しみにしているそうです」

伝言を伝えると、神父様は嬉しそうに微笑んだ。

僕たちが任されていたのは本当にそれだけで、むしろあまり深く関わらないでほしいと陛下からは頼まれていた。

なので陽が傾き始めた頃合いには教会を後にして、街の中心部に戻ることにした。

大通りは夜の部のパレードで賑わい、伝統的な衣装に身を包んだ楽団に続いて、迫力のある張り子のドラゴンが次々と現れる。沿道が人で溢れ返っていたので、僕たちは少し離れたところからそれを眺めた。

「父からは祭りが終わるまで滞在していいと言われているが、おまえはどうしたい？」

考えごとをしていたせいで質問に気づかなかった。

「シオン」

唐突に顔を覗き込まれて我に返る。

「あ……ええと、すみません。なんですか？」

「最近どうした？　様子がおかしい。一体何を悩んでいる」

目ざとい言葉に内心焦る。適当なごまかしは利きそうにない。

神父様の言葉が胸に引っかかっていた。秘密は自分で思っているほど大したものではないこともある。確かにそういう場合もあるだろう。だけど僕は？　本当のことを言ったらノアはどう思うだろう？

何度も頭の中で繰り返した想像は、いつしか確信に変わっていた。言ったが最後、信用を失い、嫌悪され呆れ果てられる。当然の報いだ。覚悟を決めて打ち明けるべきだったのに、言えないまま、こんなところまで来てしまった。

真実を知れば、ノアはきっと僕に出て行けと言うはずだ。ならばいっそ、屋敷を出る口実にしてしまおうか……。

「なんでもいいが……一人で思いつめて、ある日突然いなくなっても無駄だぞ。どんなことをしてでも探し出すからな」

考えを読まれていたことに驚き、恐る恐る顔を上げると、ノアは鋭い視線で僕を見た。

「気づいてないと思ったのか？　部屋や温室の片付けをしたり、仕事を引き継ぐ内容をノートにまとめたり、おまえの行動は分かりやす過ぎる。ただいくら考えても理由がわからない。俺が何か気に食わないことをしたのか？」

何もかも見透かされている。密かに進めていた「屋敷を出る準備」すらバレているなら、誤魔化しても無駄だ。ここが潮時なのかと、覚悟を決めようとしたのに、ノアは薄っぺらな言葉を強請った。

「出ていくつもりはないと言え。俺の勘違いだと今すぐ否定しろ」

僕の腕を掴み、ノアは縋るように言う。

「怪我をしたら手当をしてくれるんだろう？　そばにいると言った。あれは嘘なのか」

嘘じゃない。できることならそうしたかった。だけど、僕では力不足だ。

「ノアを支えるには、もっとふさわしい人がいると気づいただけです。ヴィラール家に戻ったら辞表を出します。屋敷も出て行くつもりです」

決別を口にした途端、腕を掴む力が痛いほど強まる。ノアは訳がわからないといった表情で僕を問い詰めた。

「駄目だ、許さない。どうしてそんなことを……！」

ノアが愛してやまない婚約者。その人がノアを支えてくれるなら、僕のような不穏分子はノアの近くにいない方がいい。二人が幸せに暮らせるように、せいぜい物分かりのいいふりをして引き下がる。それが僕の最大限の誠意だ。

「これから先は、ふさわしい人がノアを支えてくれるはずです。怪我をしたら手当てをして、ずっと一緒にいてくれる。だから……」

「もういい、黙れ」

怒りに震える声が僕の言葉を遮り、強引に胸の中に押し込められた。

息苦しい抱擁だった。頭上で花火が弾ける音が響いて、狂乱めいたパレードの光が視界の端を彩る。音楽や観衆の声が煩くて仕方ないはずなのに、押し付けられたノアの心臓の音だけが耳に響いた。

「……おまえ以外の、誰も」

耳元で囁く声が切なさを帯びる。それを聞いた途端、離れがたくなった。

出会い方も近づいた理由も、最初から間違えた。ノアともっと一緒にいたかった。溢れ出す本心のまま、ノアの背中に手を伸ばす。

そのまま抱きつきたかった。けれど触れる寸前、そんな資格すらないのだと思い至る。

僕は腕を下ろし、代わりにノアの体を押し返した。

「先に、戻ります」

それだけ言って踵を返し、雑踏をかき分けて走り出す。

「シオン、待て、話を聞け！」

このやりとりも状況も、まるで出会った時の再現のようだ。

けれど今回はオペラ座とは違い、僕に地の利がある。人混みに紛れてしまえば、ノアもそう簡単に距離を詰めることはできないはずだ。

ところがノアは、どこまでも執拗に追って来た。入り組んだ旧市街に逃げ込み、その先の路地を進んでも「待て」だとか「止まれ」という声がいつまでも追ってくる。

とにかく一人になりたかった。なんなら今夜は部屋に戻るべきではない。

そう考えながら停車中の辻馬車の陰で、一度呼吸を整えようと速度を緩めた途端、誰かに腕を掴まれた。

細い路地に引き込まれて驚いたが「静かに」と頭上で声がする。見ると、腕を掴んでいるのはヒューゴで、そっと通りの先を指差した。

目を向けると、ノアが殺気立った様子で周囲を見回している。

固唾を呑んでいるうちに通り過ぎて行ったので、安堵の息をつくと、ヒューゴも緊張を解き、胸を撫で下ろしている。

「大丈夫か？　追われてるように見えたから、つい」

「どうもありがとう……ええと、それじゃあ」

事情を問われても困るので早々に立ち去ろうとしたが、慌てた様子で襟首を掴まれた。

「待てって！　あの様子じゃ伯爵と何かあったんだろう？　警戒しなくていい。本当はユリウス様から事情を聞いて、シオンの状況も知っているんだ」

飛び出した名前に驚いてヒューゴを見ると、彼は親しみを込めて頷く。

「つまり俺もシオンと同じだ。爵位を取り戻したくてあの人に協力してる。だけど懐疑的な部分もあってさ。相談に乗ってほしい。俺たちほど似た境遇って珍しいだろ？」

確かにその通りだ。それにヒューゴも身の振り方に悩んでいるようで、僕は少しだけ親近感を抱いた。

ホテルに移動し、ヒューゴの部屋に行くと、彼は僕をソファに促し、ルブラン家特製だというハーブティーを出してくれた。他愛のない話を交えながら、自分がどうやってユリウスと出会ったかを教えてくれたのだが、その状況も驚くほど僕と似通っていた。

「なんか変な感じだよな。子爵家同士だし、もうダメだって時に同じ人に救われた。しかも目的まで同じだなんてさ、子供の頃から不思議と共通点があったっけ」

そうかもしれない。相槌を打つと、ヒューゴは人当たりのいい笑顔を返した。

「でも、ユリウス様からシオンの話を聞いた時は驚いたよ。あんまり野心があるタイプだとは思ってなかったから……今は少し状況が違うみたいだけど」

　彼は笑顔を浮かべたまま懐から煙草を取り出し、慣れた手つきで火をつけた。

「あの人、どう考えても自分の目的のために俺たちを使ってるだろう？　まぁ、俺としては利害が一致しているし、報酬さえもらえればなんでもいいんだけど……」

　煙を宙に吐く。表情も口調も昔とあまり変わらないのに、安っぽい仕草のせいで、急に見知らぬ人物に見えた。

「……相談っていうのは？」

「それなんだけど。俺さ、一刻も早くこの仕事で成果を上げたいんだ。だから協力してほしいって話。後のことは俺がなんとかするから、シオンはもう実家に帰ったらどうかな」

「なんとかするって……君が？　何をする気だ？」

「俺もヴィラン伯爵の身辺を探ってる。有益な情報を手に入れれば、ルブラン家の爵位と名声を取り戻せるんだよ」

　希望を口にするヒューゴの瞳が爛々と燃えているのを見て、急に胸騒ぎがした。

「僕が言うのもなんだけど……あまりユリウス様を信用しない方がいいと思うんだ」

「わかってるって。それより昔馴染みだろう？　協力してくれるよな？」

　何を、と瞬くと、ヒューゴは探るように僕を見た。

「ヴィラン伯爵はこの街で、秘密裏に誰かと会っていたはずだ。シオンなら近くで見ていたんじゃないか？」

「なんのことか、わからないんだけど……」

全く思い当たる節がない。しかしヒューゴは苛立ちを滲ませながら身を乗り出す。

「オペラ座や劇場でいつも伯爵が連れ歩いていた同行者がいただろう？　彼と会っているはずだ。それともシオンにも隠しているのか？　だとしたら相当手強いな……」

ノアと僕はサンメリアンに来て以来、四六時中一緒だった。僕が知らぬ間に、誰かに会う時間などなかったはずだ。それにオペラ座の同行者とは陛下のことだから、サンメリアンにいるはずがない。

妙だなと思った。何か根本的な思い違いをしている気がする。

「ヒューゴは、ユリウス様に何を調べてくるように言われたんだ？」

「だから『ヴィラン伯爵が同行者と何をしているか』だよ。でも街で尾行って結構難しくてさ。そもそも、スパイとかやったことないし」

僕同様、彼もスパイの経験などない。つまりユリウスは、素人である僕らに「ノアが誰と何をしていたかを探れ」と指示した。一国の宰相ともなればいくらでも手があるはずなのに、そうしなかったのは、探る理由がごく私的なものだったからではないだろうか。

言葉通りの意味だと思っていた。でも、そうじゃないとしたら……。

ユリウスが僕たちに探らせようとしていたことの答えが、ふいに分かった気がした。

「……帰らなきゃ」

このことをノアに伝えなければ。立ち上がった途端、ぐにゃりと視界が歪んだ。

そのまま床に倒れ込む。自分の身に何が起きたのか理解できずにいると、ヒューゴがゆっくりと立ち上がり、僕の体を仰向けに転がした。

「話はまだ終わってない。勝手に帰られても困るんだよ。有意義な情報を持って帰らないと、俺の成果にならないだろう」

「これは……何か、飲ませたのか？」

信じたくなかったが、思い当たる節はそれしかない。見るとヒューゴは、内ポケットから小瓶を取り出した。

「言ったろ？　我が家特製のハーブティーだよ。といっても今回は、セレネアっていうハーブが入ってるけど。これって自白剤代わりになるんだろう？」

乾燥した白い葉の入った小瓶を、よく見えるように掲げる。

セレネアは本来、痛み止めの塗布薬に使われる薬草だが、煎じて飲むことで軽い酩酊状態になる。前後不覚にし、質問に答えやすくさせる効果を狙ったのだろう。

けれど見せられたものは、セレネアとは少し葉の形が違っていた。同じ色だが、刺々しい葉端……これはもしや。

「セレネアじゃない、アルテジアだ……！」

セレネアの変異種のそれは、より強い効果を持つハーブだ。しかも酩酊感に加え、催淫効果があることでも知られている。

事実、急激に体が熱くなり始めた。全身から汗が吹き出し、脈拍が上昇する。

「効きすぎてる……どれくらい入れたんだ？」

「葉っぱ三枚分だけど……まずかった？」

「多すぎる……。あと、残念だけどこれ、自白向きじゃない」

解説しているうちに、息が上がってくる。苦しくて目を閉じると、ヒューゴは予想と違う症状に驚いたのかおろおろした声を上げた。

「だ、大丈夫か？　何かしたほうがいい？」

「水を……それと、ボタンを外してほしい、すごく暑いんだ……」

指先を思うように動かせずにいるとヒューゴは辿々しく水の入ったコップを僕の口に当てがい、ボタンを外してくれた。

「他にはどうすればいい？　医者を呼んだほうがいいのか？」

今にも理性が吹き飛びそうになっていた。同時に、ヒューゴの指が触れている場所すら疼きだす。刻一刻と下半身が重苦しくなるが、さすがに言えるわけがない。

どう対処すべきか必死に考えていると、部屋の入り口から轟音が聞こえた。そして床に転がそちらに目を向けた途端、蹴破られたドアからノアが押し入ってきた。

る僕と、服に手をかけていたヒューゴを見て怒りを爆発させる。

「おい、シオンに触るな！」

凄まじい怒声に、ヒューゴはびくりと動きを止めた。

一瞬ノアの背中から、黒い業火が吹き出しているように見えた。

そして激しい怒りを露わにヒューゴに近づくと、勢いよく蹴り飛ばす。部屋の中を転がりながらも、どうにか体勢を立て直した彼は、バルコニーへ逃げるなり非難ハシゴに手をかけて、あっという間に姿を消してしまった。ノアはヒューゴを追いかけようとしたが、床で身じろぐ僕を見て、優先事項を変えたらしい。

「シオン、大丈夫か？　何をされた？」

「……ちょっとした、アクシデントというか……それよりどうしてここに？」

「追いかけていたら、あの男と一緒にいるのを見たという情報が入って……それより何か飲まされたのか？　まさか毒じゃないだろうな？」

「違います……それより、早くここを離れましょう。誰か来たら騒ぎになる……」

起き上がろうとするとノアはそれ以上追及せずに、一気に僕を担ぎ上げた。

「病院に連れて行く」

「いいえ……！　部屋に戻ってください、対処法はわかっているので」

訴えるとノアは大急ぎで僕たちの部屋に向かった。

到着するなり僕はバスルームに飛び込んだ。口の中に指を突っ込み、飲んだものをできるだけ吐いた。これで症状が悪化することはないけれど、興奮は一向に治まらない。冷たい水で口をゆすぎ、顔を洗って落ち着こうと試みたが無駄で、疼きが捌け口を求めて暴れまわり、今にも腰が砕けそうだ。

「もう大丈夫ですから、しばらく一人にしてください。何があっても入らないで……」

これ以上無様な姿を見られたくない。バスルームに籠城しようとしたが、ノアはそれを許さなかった。

「こんな状況で放っておけるわけがないだろう」

言いながら背中を摩られるだけで身震いしてしまう。必死に歯を食いしばり耐えていると、ノアは再び僕を担ぎ上げ、ベッドに運んだ。

「ノア……ちがう！　一人になりたいと言ったんです！」

苦しい、一刻も早く欲を発散させたい。それなのに。

「横になった方がいい、少し服を緩めるぞ」

ノアはかまわず僕の服を脱がせにかかる。善意で介抱しようとしているだけなのに、ノアの指先がシャツのボタンを外し、続けてベルトに手をかけると、その些細な感触にすら堪らなく煽られた。

そして指がスラックスを緩めようと腹部に触れた途端、甘い痺れに腰が震える。

自分ではどうにもできない衝動に突き上げられて、下着の中で熱いものが弾ける。反射的に腰を引こうとしたが、強過ぎる余韻で思うように動けない。

「っ……！」

ノアは、そんな僕を目の当たりにして、驚いたように動きを止めた。

「……あ……ち、ちがう……これは……！」

なんとか誤魔化そうとした。けれどノアは無情にも僕のスラックスと下着を引き下げてしまう。その途端、白濁にまみれた性器がノアの目に晒された。しかもまだ欲を放出し足りず昂ぶっている。必死に隠していた不埒な自分を曝け出している気がして、僕はパニックに陥った。

「見ないで……放っておいてください！」

懇願する。けれどノアは離れるどころかベッドに乗り上げ、僕を抱きしめる。そして躊躇いもせずに、僕の性器に触れた。

吐き出した精液ごと屹立を握る手が、信じられないほど熱い。少し力を込められただけで達しかけた。なけなしの理性を集めてその手を引き剥がそうとするが、ノアは一向に離してくれない。ついには抗う僕を押さえ込み、耳元で囁いた。

「心配するな、すぐに楽にしてやるから……」

熱っぽい声に背筋が震える。そして言葉通り強く柔く、ノアは僕に快楽を与え続ける。

ノアがこんなことをするなんて、何かの間違いだと疑いながらあまりの気持ちよさに我を忘れた。

「っ……！　ノアぁっ……だめ、こんなっ……！」

本気で駄目だと思っているはずなのに、他の誰でもない、ノアが触れている事実に興奮が増した。煽られるままもう一度上り詰めてしまう。

辛抱のきかない自分の体に辟易したが、ノアの手の中に白濁を吐き出したというのに、僕の性器は未だ奮い立ったままだ。

興奮が強すぎて治まる気配がない。これ以上迷惑はかけられない。

その一心でノアに背を向けた。体を丸め、激しい疼きに腿をすり合わせる……ノアはそんな僕の肩を掴み、強引に仰向かせた。

「こんな時まで強がるな！」

叱りつけながら僕のシャツのボタンを外し、興奮を引き出そうとするかのように、首筋や鎖骨の薄い皮膚を吸う。その度に甘い痺れが走り、両手で口を塞いで声を押し殺した。

すると気づいたノアが、僕の手を無理やり引き剥がす。

「辛いんだろう、だったら素直に甘えればいい」

「そんな気遣い、いりません……！」

「たかが気遣いで、こうなると思うか？」

言いながら、僕の手を自らの股間に押し当てる。スラックスの上からでも分かる膨らみに息を呑んだ。ノアの性器もまた熱を持ち、硬く反り返っている。

「わかるか？　おまえに煽られてこうなってる、お互い様だ」

ノアの瞳に、はっきりと欲情の炎が点っていた。

「俺が勝手に焚きつけられた。だからおまえはただ、俺を欲しがればいい……」

ノアは熱っぽく告げながら、余裕のない雄の顔で僕を誘惑した。そして胸の尖りを口に含んで舌先で転がされ、強い快感に今度こそ声が出てしまう。

僕が煽ってしまった。だけどノアには好きな人がいる……僕との行為は、その人に対する裏切りになってしまう。

「ノア、だめ……こんなこと……！」

一線を踏み越えてはならない。その一心でノアを遠ざけ、手で唇を塞ぐ。するとノアは、僕の決意などへし折るかのように、塞いだ手のひらを舐めた。

くすぐったさに驚き緩んだ手を、ノアがしっかりと掴む。

そして僕を引き寄せると、欲望と不安が混在した表情で訊ねた。

「俺はシオンが欲しい。おまえも同じだろう？」

直球な質問に、否応なしに心臓が跳ねる。

「僕……は……！」

婚約者のことを考えると胸が痛い。けれど、ノアが僕に対して昂ってくれたことを、嬉しいと思ってしまった……。

それでも言えるわけがないと固く目を閉じると、ノアは僕を強く抱きしめた。

「そうだと言ってくれ……頼む」

決心を揺るがす声に必死に抗う。けれどノアは追い打ちをかけるように、耳元で囁く。

「シオン……俺を求めてくれ」

震える声で言いながら、ノアは僕の顔に手を添え、右の頬に懇願するように口付ける。

その優しくも情熱的な接吻に、どうしようもなく心が震えた。

ノアが欲しい。たとえ一時的な愛欲だとしても、今この瞬間、きっと互いの欲望は同じ形をしている。そう思うと求めずにはいられず、僕はノアの手に自らの手を添えた。

「……もっと、触ってほしい」

言いながらもう一方の手を首の後ろに回し、ノアの頬にキスを返す。

「僕もノアが欲しい……！」

ノアは目を瞠ると、ほんの一瞬泣き出しそうに微笑む。そして熱い唇を、顎や首筋に押し付けながら、僕の体に纏わりついていた服を素早く取り払った。次いで自分も衣服を乱暴に脱ぎ捨てていく。

露わになったノアの体を目にして、どうしようもなく欲情を煽られた。逞しい腕や胸、そこに残る傷すらも愛おしい。そして下半身で猛る剛直を見て、唾を飲む。

ノアは僕の興奮を見抜いたのだろう。改めて僕を組み敷くと躊躇うことなく口付けた。

舌が割り込むと、脳髄がとろけそうな感覚に夢中になる。気持ち良さに身を任せ、いつしか僕はノアにしがみついていた。

屹立を握られると、先ほどよりも強い快楽が突き上げて、背中が反る。

未だ萎えずにいるそれを、根元から先端まで丁寧に擦り上げて「こうすると気持ちがいいことを覚えろ」とばかりに、執拗に同じ動きを繰り返す。

――もっとほしい。もっと。

それ以外考えられず、足がだらしなく開く。するとノアの長い指が後ろの窄まりに触れた。入り口を焦らしながら愛撫されただけで、腰が砕けそうになる。

「ノア……！」

促すように名を呼ぶと、指がつぷりと体の奥へ沈んだ。自分では浅いところまでしか届かないのに、ノアは易々と触れたことのない場所までたどり着く。

未知の感覚に首をもたげたのは恐怖ではなく、淫らな期待だった。もっと受け入れたくて自ら足を開くと、ノアは驚きと興奮が混ざった声で呟く。

「……どこでこんなにいやらしい遊びを覚えた？」

白状するまで容赦しないとばかりに、ノアの指が中を大きくかき混ぜる。その途端、いつもとは違う、目の前が白むほどの快楽に襲われて、堪らず白状した。

「ほ、本にっ……書いてっ、あっぁぁ！」

「なるほど、貸した甲斐があったな……じゃあここも自分で慰めていたのか？」

耳元で意地悪く訊ねながら、触れると電流めいた快感が走り抜ける一点を、指の腹で柔く押しつぶす。

「っ……やぁっ！　……そこっ、よく、わからな……っ」

「その割に随分と柔らかいな。もしかして、俺の指の方が気持ちいいのか？」

言い当てられた羞恥に、思わず顔を背ける。

すると指が引き抜かれた。代わりに荒々しく腿の裏を掴まれて、余裕のない声が「力を抜け」と告げる。忠告だと気づいたのは、熱い猛りが後孔に押し当てられた時だった。

「ひぁっ……あぁ……ッ！」

そのまま中に押し入られて息をするのも忘れた。ノアは僕の反応を見ながら、先端の太い部分を時間をかけて埋め込んでいく。

これほど太いものを受け入れたのは初めてで、自分がどうなっているかわからない。けれど、体は次第に熱い杭に悦びを覚えた。

それを見計らい、ノアが緩く腰を動かすと、僕を襲ったのは桁違いの快楽だった。

目の前に火花が散る。それだけでも堪らないのに、ノアは僕たちが今どうなっているかう。

を示すように、結合部を撫でる。羞恥心を掻き立てられながら喘ぐと、ノアは挑発的に笑

その憎らしい微笑みに心臓が跳ねて、僕の窄まりが猛りを締め付けた。

「くっ……動くぞ」

揺さぶられ、生理的な涙で視界が滲む。名前を呼ぶと、ノアは僕の求めに応じるように穿つ速度を速めた。

今までのどの感覚よりも激しい波が押し寄せ、無意識にノアの背中に爪を立てる。

「あぁっ……！　なに、これ、気持ちいいっ……ノアっ……あぁぁっ……！」

突き上げられた先で快感が爆ぜる。頭の中が真っ白になり、自分の身体の奥に熱い体液が注ぎ込まれるのがわかった。同時に自分の吐き出した精液が、腹の上を伝っていく。

全身が甘い痺れに包まれて、息をするのもやっとだ。

ふいに、目尻の雫を無骨な指先が拭った。続けて額の汗も丁寧に拭う。

見るとノアが、真剣な眼差しで僕を見ていた。ノアのこめかみにも汗が伝っていたので、同じように拭うと、苦しげに眉を寄せながら僕の胸に額を押し付けた。

「……シオン」

呼ばれた瞬間、声に潜む欲情の気配を感じた。僕もまた、次を求めてじりじりと内側から焼け焦げている。同じ気持ちであることが嬉しくてたまらない。ただしその欲が治まれ

ば、ノアは今度こそ婚約者に対する罪悪感に苛まれるかもしれない。

だから僕からノアに、強請るように口付けた。

「ノア……まだ足りない、もっとしてほしい」

僕が誘ったから断れなかった。そう思ってくれていい。明日には何事もなかったように正当な人のもとへ返す、だから。

「もう一度だけ、ノアが欲しい」

するとノアは「本当にいいのか」と掠れた声で問う。

頷き、迎え入れるように腕を伸ばすと、ノアは僕を隙間なく抱き寄せて、息もできないほど情熱的に口付けた。

僕はそれに応じながら、幸せで少し泣いた。ノアは目尻の雫を唇で吸い取ると、首筋から鎖骨へ、胸から腹へ、愛撫するようなキスを落としていく……。

ヴィラール家を出てノアのもとを離れても、今日の記憶さえあれば、僕は一人で歩いていける。そう確信できるほど、心が満たされていく。


いつのまにか気を失っていた。背中にこそばゆい温もりを感じて目を開けると、ベッドサイドのオイルランプが、淡く部屋の中を照らしている。

体が鉛のように重くて、手も足も動かない。先ほどの行為のせいかと思ったけれど、密着する足が僕の足の上に載り、腕は体ごと抱きしめられているせいで動かないのだと気づいた。背中がくすぐったいのはノアの息らしく、どうやら頬をぴたりと押し付けて、覆いかぶさっているようだ。

これではこっそり部屋を出て行くのは不可能だ。仕方なく寝たふりをしてやり過ごそうとしたが、ノアは僕の微かな身じろぎを敏感に感じ取ったのか、腕の力を強めた。

「シオン、もう出て行くなんて言わないよな？」

耳元で囁く魅惑的な声に、腰の奥がぞくりと震える。

「……それとこれとは、話が別です」

「冷たいな。さっきまで何度も俺の名前を呼んで、可愛く縋り付いていたくせに……」

肩にキスを受けながら、自分の痴態を言い聞かせられる。あまりの恥ずかしさに耐え切れなくなり、僕はノアの腕を振りほどいて逃げた。

起き上がりざま腰に痛みが走り、少し呻く。ノアは見兼ねて止めようとしたが、その手を払いのけてベッドの上で物理的に距離を取った。

だがノアは、気だるげに体を起こしながら、余裕のある微笑みを向ける。

「少なくとも、おまえも俺に気があるのが分かって嬉しい限りだ。そうじゃなきゃ、薬を盛られていようがなんだろうが、おまえは絶対に俺の求めに応じたりしないはずだ」

見透かされて反論できずにいると、ノアはさらに満足そうに微笑む。

「時間をかけて、そう仕向けてきた甲斐があった」

「……どういう意味ですか」

意味がわからず問い返すと、ノアは僕の左手を取り、いつものようにキスをした。

挨拶や感謝や証の代わり。色々な意味を持つキスだとノアは言った。

おかしいなと思ったけれど「そういうものだ」と諭されて納得してしまった。

それがただの親密なスキンシップでしかないことを示されて、言葉を失う。

「こんな風に、騙さなくったって……！」

「おまえの素直なところは可愛いが、もう少し人を疑ったほうがいい」

その言い方に、まさか他にも言いくるめられていたことがあるんじゃないかと、嫌な予感がした。

「僕たちは、仲良くなるべきだって……」

「あんなに他人行儀にされてては、何をするにもやりにくいからな」

「恋人としてサンメリアンに同行させたのは……」

「強引な理由づけだったが、おまえが押しに弱くて助かった」

「目の前で着替えたり、裸を見せたりしたのは……？」

「俺を意識しているかどうか試しただけだ」

「じゃあ僕が倒れた時、看病を口実にお尻を見たのも計算だったんですか……！」

「あれは不可抗力だ」

では主人と使用人なのに毎日一緒に食事をしたり、サンメリアンに向かう列車の中で密着したり、エッチな描写のある本を貸したことも全部、彼の計画の内だったのだろう。

ショックを受けていると、ノアは傲慢な口調で言った。

「気に入らないという顔だな。だがこうなった以上、あきらめて俺のそばにいろ」

「そばにいて、僕にどうしろって言うんです？　……まさか」

もうすぐ結婚する人が、別の人間を手元に置きたがる。この図式から導き出される予測に息を呑むと、ノアは僕の腕を引き、強い力で抱きしめた。

「俺がおまえをなんのためにヴィラール家に連れて来たと思っている。最初に目をつけた時から態度に出してきたつもりだが……」

最初から目をつけていた。つまり出会った時から？　好きな人が他にいるのに？

傲慢な好意は、かつて僕に嫌な提案をした人たちを思い出させた。

僕の噂を流したデュマ伯爵、銀行頭取。彼らは僕を懐柔して「愛人」にしようとした。

「僕を……最初からそういうつもりで？」

違うと否定して欲しい。その一心で訊ねたが、ノアは頷く。

「そうだ。だから出会った時、うちに来るかと誘っただろう。何だと思ってたんだ」

はっきりと告げられた言葉に、頭を重いもので殴られたような衝撃を受けた。

思えば雇用条件が良すぎた。

衣食住と昼寝付き。破格の福利厚生に加え、執事として高い給金まで与えてくれた。つまりは全て、愛人への報酬だったのだろう。

必要以上に気にかけてくれたのも「愛人」に対する態度なら納得がいく。

今朝もショックで前後不覚になった僕に対し、シャワーや着替えや食事に至るまで、ノアは意気揚々と世話を焼いた。そして手早く荷造りを終えると、祭りの熱気が渦巻くサンメリアンの街に目もくれず、急くように帰路の列車に乗り込んだ。

僕はなすがまま、行きと同じ一等客室でノアの膝を枕に虚空を見つめていた。大好きな街が遠ざかるのを悲しむ気力すらない。それなのにノアは僕の手を握り、甘い言葉を囁く。

「これからはお前の好きな時にいつでも遊びに来よう、なんならサンメリアンに別荘を買ってもいい」

本音を隠す必要がないにしても、もうすぐ結婚する人の発言とは思えない。

僕と遊び歩いている場合じゃないはずだ。それとも日ごとに正妻と愛人を取っ替え引っ替えでもするつもりなのだろうか？

正妻だっていい迷惑に違いない。結婚して屋敷に移り住んでみたら、愛人が同居しているだなんて、悪夢以外の何物でもない。ノアはそれを不誠実だとは思わないのか。

悶々としながら顔を顰めると、何を勘違いしたのか、ノアは僕を優しげに気遣った。

「腰が痛いのか？　到着するまで横になっていて構わないからな」

痛いのは間違いないが、問題はそこじゃない。目を合わせず黙っていると、ノアは握る手の力を強めた。

「それとも、性急すぎると言いたいのか？　確かに昨夜は、予期せぬ流れであんなことになったが、俺は最初からおまえを大切にすると決めていた。何も不安に思わなくていい」

誠実な発言のようでいて、ノアの言い分はやはり理解できない。

「……みんなになんて説明するつもりですか？　困るんじゃないでしょうか」

「大丈夫だ、父も屋敷のみんなも事情を把握しているし、エルメール家にも、既に手紙で俺の意思を伝えてある」

「……なんですって？」

「礼状で了承も得ている。今思うと、あれは少し緊張したな」

どうしよう。外堀が完全に埋められている。

そういえば、妹の手紙に強調した文字で「ノアを大切にするように！」と書いてあった。だとすると、家族は僕が「愛人」になることを了承しているのだろうか？

屋敷のみんなも事情を把握しているなら、正妻と愛人を交えた生活を送る準備が、既に整っているということになる。それが貴族の嗜（たしな）みか……！

「だからおまえは、何も心配しなくていい」

一方的な言い分に、僕は言葉を失う。

そもそも僕にはノアの隣にいる資格がない。散々悩んで屋敷を出ていく決意を固めたのに、ノアはそれすら強引に打ち砕こうとする。しかも何の返事もしていないのに、決定事項みたいに話が進んでいく。言葉にできない悔しさに涙が滲んだ。感情を押し殺そうとして小さく呻く。

するとノアは僕の腰を甲斐甲斐しく摩った。

腰が痛くて泣いてるんじゃない！　とツッコミたいけれどその気力さえ無い。

不毛な時間が過ぎ去り、ついに列車は王都に到着した。

ノアは率先してホームに降り立ち、乗車口に立つ僕に清々しい顔で手を差し出す。

「ロベールに連絡をしておいたから迎えが来ているはずだ。歩けるか？　帰ったらすぐに腰を温めてやるからな」

ノアの言葉に足が止まる。ふいに頭の中で激しく警鐘が鳴った。

――おそらく、このまま一緒に帰ったら、もう逃げられない。

幸い、長く横になっていたおかげで多少体力が戻ってきている。今が運命の分かれ道だ。

「ノア。僕はあなたの愛人にはなりません」

はっきりと意思を伝えると、ノアはしばしの間、身動きを止めた。

「……………は？　なんだって？」

何を言われたのかわからないといった表情で瞬く。その隙をついて、素早く列車の乗車口のレバーを引き下げた。

目の前で扉が閉まると同時に、レバーの隙間にトランクを押し込み、外側からドアが開閉できないようにする。数歩後ろに下がると、そこでようやくノアは僕の意図に気づいたのだろう。慌てて扉に手を掛けた。

『おい、どういうことだ、シオン、ここを開けろ！』

僕は背を向け、反対側の扉を押し開けながら言った。

「ノアのことは好きです！　でも一緒にはいられない！」

決別の言葉を叫び、線路の上に降り立つ。そして振り返らずに走り出した。

線路を横切り隣のホームへよじ登り、ただひたすら出口を目指して駆け抜ける。

ノアは僕の行動にすぐに気づいた。

「待てシオン！　腰が痛いくせに何だその足の速さは！」

制止の声を上げながら執拗に追ってくる。けれど今までのパターンから、これも予測の範囲内だ。

僕は脇目も振らずに駅舎を抜けて街に飛び出した。雑踏に紛れて路地裏に駆け込んだが、まだ安心できない。身を隠せる場所を探していると、路地の先に一台の車が、行く手を阻むように停止した。

それは見覚えのある白のリムジンだった。屈強な運転手が降りてきたかと思うと、後部座席の扉を開けて、待ち構えるように佇む。おそらく僕を捕まえて、中に放り込むつもりなのだろう。それなら……と意を決し、自ら後部座席に乗り込んだ。

すると案の定、中にいたのは例の厄介な恩人で、僕を見て面食らった様子で瞬く。

「ユリウス様、大変恐れ入りますが、すぐに車を出していただけませんか！」

外にいる運転手にも「急いでください！」と声をかけると、僕の剣幕に驚いた彼は、慌てて車を走らせる。車窓の景色が流れ始めるのを見てようやく、緊張を解くことができた。

「……なるほど。私を利用するとは、君も大概ふてぶてしいな。さすがノアの執事だ」

呆れ顔のユリウスを前に、僕は内心緊張した。厄介な人とは言え、王子であり宰相だ。本来ならば許されない無礼を働いていることになる。

「すみません。僕に用事があるように見えたので、乗車させていただきました」

するとユリウスは、つまらなさそうに笑った。

「確かに、少々強引な手を使ってでも一緒に来てもらうつもりだったが、どういう風の吹き回しだ？　サンメリアンでようやくノアの本性にでも気づいたのか？」

思えば最初から、ユリウスがノアについて語る時、隠しきれない苛立ちが滲んでいた。

それは「ソレイユの平和を乱すものは許さない」という正義感に満ちたものではなく、もっと個人的な感情だったように思う。

「ヒューゴから聞いたよ。存分にバカンスを楽しんだみたいだね。ぜひ話を聞かせてもらいたくて、わざわざ君を迎えに来たんだ。どうせ行く宛てもないんだろう？　うちでお茶でも飲みながら、ゆっくり話をしようじゃないか」

彼は当初僕に「ノアの身辺を探れ」と命じたけれど、本当の目的は、「ノアが一緒にいる人物」について知ることだったのだろう。

その人がノアとどんな話をしているか。どう過ごしていたか。自分の知らないところで、楽しそうに笑っていたか。気になって仕方がなくて、僕やヒューゴに探らせたのだ。

その人物はノアと仲が良く、一緒に観劇に出かけ、毎年決まってこの時期にサンメリアンで休暇を過ごす……そんな人、一人しかいない。

「アルフォンス陛下なら、サンメリアンにはおいでになっていません。今年の休暇は別の場所で過ごされていると聞いています」

求めているであろう答えを告げると、ユリウスは強張った表情で僕を見た。

「今年は身の安全を考慮して行き先を変更したそうです。だからノアと接触する機会なんて、あるはずがないんです」

「そんなこと……アルは私に、一言も教えてくれなかった！」

ユリウスはわなわなと震えながら、悄然とうなだれる。

「なぜいつもノアにばかり頼る。重要なことを私だけが知らない、それほど信用できないのか？　私が反王政派の連中と手を組んでいると、本気で疑っているのか……」

感情を吐露し顔を覆う。やはりユリウスは最初から、アルフォンス陛下のことが知りたかっただけなのだ。

その理由が何かなんて聞くまでもない。何も難しいことではなく、陰謀や政治的な理由でもない。ユリウスは陛下のことが好きなのだろう。

「それなら、どうして陛下やノアに冷たく接するんですか？」

ノアと陛下が仲がいいのは従兄弟だからだ。幼い頃から三人で一緒にいたなら、当然分かっているはずなのに。けれどユリウスは、忌々しげに僕を睨んだ。

「君にしてみれば、私が冷酷な男に見えるんだろう。だが私に言わせれば、諸悪の根源はノアだ。あの時も、あの時も！　あいつさえいなければと何度思ったことか……！」

悔しげに声を荒げる様子からは、積年の恨みが垣間見えた。

「そうだ……君になら話してもいい。私がノアに受けた屈辱の数々を……！」

まるで初めて苦悩を打ち明けられる相手を得たとばかりに、瞳をぎらつかせる。

興味がないと言ったら嘘になる。恐る恐る促すと、ユリウスは不穏に笑った。

緊迫感が漂う中たどり着いたのは、広大な王宮の一角に建つユリウスの私邸だった。

個人の住居とは思えぬほど大きな屋敷は、まるでおとぎ話に出てくる白亜の宮殿だ。

「こちらだ。ついておいで」

一片の乱れなく整えられた屋敷の中を、ユリウスに続いて歩く。

案内されたのは最上階にある部屋だった。彼の私室のようで、ソファや机、たくさんの本棚が置かれている。

「お茶は？　いっそ酒にしようか？」

飲まなきゃやってられない、という具合にソファに座り込む。間違いなく長い話になる予感がして、無難にお茶を選んだ。

メイドが紅茶を出し終わると、ユリウスは「何から話すべきか……」と重苦しい表情で腕を組む。そして胸に秘めてきた思いをゆっくりと話し始めた。

「……私がアルフォンスと出会ったのは、王室に養子として迎えられた日のことだ。私もまだ幼くてね。親元から無理やり離され、次期国王候補という重責を背負わされ、慣れない王宮で、窮屈な生活を強いられる不条理を憎んですらいた。けれど小さなアルフォンスと初めて対面した途端、そんな考えは吹き飛んだ……」

それはユリウスにとって奇跡のような出会いだったのだと、熱の込もった瞳で語る。

「アルフォンスは自分が病弱なせいで、私が連れてこられたことを理解していた。そして小さな体を震わせながら私に謝罪をした。まだ五歳の、触れれば折れてしまいそうな体で他者に心を砕く姿を見て、なんと愛おしい存在だろうと衝撃を受けた。常に笑顔を絶やさず、人を幸せにする努力を怠らない強い心の持ち主。つまりはそう、天使だ！　私はあの子に出会って、自分がなんのために生まれてきたのかを知った。それ以来、アルが健やかでいられるように心血を注ぎ、支える存在になるべく努力を続けた。アルのためなら何も苦じゃないし、苦労は喜びですらある。これを恋と呼ばずに何と呼べばいいのだろう。ただし、私は義兄として王宮に来たわけだから、徹底していい兄でいるための努力もした。その結果、アルも私を兄として慕ってくれたわけだが……実はね、アルが恥ずかしがりながら『あにうえ』と呼んでくれた誉れある日を忘れないために『第一回あにうえ記念日』と認定し、毎年欠かさず祝っているのだよ……！」

ユリウスは幼い頃の陛下の愛らしさと聡明さについて、怒涛の勢いで話し続けた。

陛下のことが好きなのはわかっていたけれど、思っていた以上に激しくて重い愛情に、聞けば聞くほど「弟を溺愛する激重系の兄」という印象が強まっていく。

この部屋も、これまでのアルフォンス陛下との思い出の品……例えば「一緒に作った花冠」や「初めてもらった手紙」などを保管するために誂えた場所で、奥の棚には「聖弟物」と名付けた希少な品々が、丁重に保管されているのだという。

かなり危うい気もするが、ユリウスの愛は誠実さを貫いていた。陛下もユリウスを兄として慕い、最初の二年程はそんな感じで、概ね幸せな日々を過ごしていたらしい。

「ところが、私たちの日常に、突然割り込んできた奴がいた。それがノアだ」

一気に陰鬱さを増した口調は、ユリウスの暗黒期の始まりを告げていた。

ある日、いつものように陛下との時間を過ごそうと中庭に出ると、見知らぬ子供が何食わぬ顔で陛下と遊んでいたのだという。

「目つきが悪くて不遜な態度、口を開けば生意気なことしか言わない。それがノアだった。アルの従兄弟と聞いて、遺伝子配列が間違っているんじゃないかと疑ったが……あんな性格だ。友人が一人もいないと言うのでさすがに可哀想になり、仕方がなく仲間に入れてやったんだ。なぜかアルも懐いていたからね」

ユリウスの説明から、幼い頃の三人の姿が目に浮かぶ気がした。

「当時のノアは、多少気にくわないところもあるが、見込みのある奴だった。型破りな考え方は面白みがあったし、根性も据わっていた。共にアルフォンスを守るには心強い味方だとさえ思ったほどだ。だが多感な思春期を乗り越えたある日、私は……聞くべきではない会話を耳にしてしまった」

それはユリウスにとって、十代最後の夏の、風の強い日だったという。

王宮の中庭で、いつものように三人で過ごしていると、アルフォンス陛下が愛用の本の栞を飛ばしてしまった。

小さな紙片は風に煽られて高く宙を舞い、少し離れたバラ園に落ちていく。それを目で追っていたユリウスは、栞を探しに一人その場を離れた。見つけるのに少々手こずったけれど、栞に破損や汚れはない。アルフォンス陛下に渡せばきっと喜んでくれると期待して戻ると、ノアと陛下が、何やら深刻な様子で話し合っていた。

「いつもと違う雰囲気だったから、つい気になってね。近くの物陰に隠れて様子を窺った。するとアルフォンスが『すごく好きで気持ちが抑えられない時がある』と、ノアに言いながら泣き出したんだ。まるで長く抑え込んでいた感情を決壊させたかのように……あれは告白の瞬間だったのだろう。ところがノアは信じられないのを通り越し、若干引いた様子で『マジかよ』と切り返した……いや、マジかよじゃあないだろう。何かもっとあるだろう的確な言葉が。あの返事はありえないと思うんだが、君はどう思う？」

「……端的に言って、デリカシーはないですね」

「だろう？　なんにせよ、私はすごくショックだった！」

それだけ愛してやまない存在が目の前で別の人に告白している姿を見たら、僕も部屋に引きこもるかもしれない。だが、ユリウスはその点においては大人だった。

「私は少し時間を置いて、何も聞いていないふりをして二人に合流した。するとどうだろう。二人も全く何もなかったような態度で私に接したのさ」

ノアと陛下の関係性は、それ以降も変わったようには見えなかったという。

距離をとるわけでも近くなるわけでもない。だが、それがユリウスの心を余計に蝕んだ。

「貴族や王族は、幼少期から感情を隠す術を学ぶものだ。だから二人の様子が何も変わらないこと自体が疑わしかった。もしかしたら私に隠れて付き合いだしたのかもしれない。それ以降、私は常に疑いを持って二人に接しなければならなくなった。この辛さがわかるか？　目の前にいる二人が実は裏でイチャついているかもしれないと思うと、気が狂いそうになるだろう？　だから距離を置こうとした……なのにノアは先回りして、それさえ阻んだ。ことあるごとに私を呼び出し、以前にも増して三人で行動を共にすることを強要し、良き兄としてその場にいることを強いた……まさに悪魔の所業だ！」

ユリウスはノアに不信感を募らせ、些細なことで言い争うようになった。陛下はノアを庇うように間に入り、意固地になったユリウスは態度を硬化させていく……。

陛下にしてみれば、優しかった兄が急に冷たくなったように思えただろう。

そうやって行き違いが積み重なったまま、ノアはリュカ様と共に王都を離れた。

これが三人の関係がこじれた顛末だ。

ただ、本来であればノアがソレイユを離れた時点で、ユリウスは呪縛から解放されるはずだった。冷却期間を置けば、もしかしたら落ち着いて状況を分析できたかもしれない。

けれどアルフォンス陛下がことあるごとに、ノアからの手紙が届いたことを、ユリウスに報告するようになったのだという。

「どうして私があいつの消息をアルの口から聞かなければならない！　しかもふてぶてし

く生き延びて帰って来たかと思うと、アルと二人で出かけまくる。私もついでのように誘われたが、なぜノアがいるのに私も行かなければならないんだ？　私の心を荒ませ、すり減らせて、精神的に殺しに来ているとしか思えない！」

真実がユリウスの考えている通りなら、ノアを恨みたくなる気持ちもわかる。だけど今の話と、僕がノアから聞いた話には、大きな隔たりがあるように感じた。

僕が見る限り、ノアは陛下に恋愛感情を持っていない。陛下もそのはずだし、ユリウスのことを「大好きな義兄」と呼んでいた。それにノアは、陛下が恋煩いで塞いでいる時期があったと言っていた。陛下には確かに思いを寄せる相手がいたが、それはノアとは別の人なのではないだろうか。

「あの……これは憶測なんですが。ユリウス様が見たものが告白じゃなくて、相談だったという可能性はありませんか？　陛下が話した内容を、部分的にしか聞いていないのでは？」

「……どういうことだ？」

「つまり、陛下はノアに、ある人への想いを相談した。それに対してノアは『マジかよ』と答えた。その方が辻褄が合うような……」

ユリウスは困惑に眉を寄せながら「続けてくれ」と促す。

「そもそも、陛下が好きになった相手が、ノアにしか相談できない人物だったとしたら？

しかもノアが驚くような相手……もし、不自然に増えた三人行動が、その人物と陛下を一緒にいさせるためのものだったとしたら、陛下の好きな人は、ユリウス様ということになるのではないでしょうか？」

状況から導き出した答えを告げると、ユリウスは大きく天を見上げ、そのまま床にぶっ倒れた。

「だ、大丈夫ですか？　気をしっかり持ってください、すぐに医者を！」

「す、すまない。ちょっと気が動転して……それより、もう一度言ってくれないか！」

「ですから、陛下が想いを寄せているのは、ユリウス様ではないかと」

「そんなバカな……！」

ユリウスは、生まれたての子鹿のように立ち上がり、片手で顔を覆う。

「では、ノアの消息を、アルが嬉々として報告しに来たのはどういうことだ？」

「共通の幼馴染の話題なら、ユリウス様と会話が弾むと思ったのでは」

「では、ノアがアルを芝居やオペラに誘いまくっていたのは？」

「ユリウス様を誘う口実だったのでは？　あなたが行くと言えば、ノアはその都度適当に理由をつけて退散したはずです、ノアは観劇にはあまり興味がないはずなので」

「なるほど。だとしたら、私はアルの誘いや好意を全て断ったことになるんだが？」

「……そのようですね」

するとユリウスは蹲り、声にならない声を上げながら拳で床を叩き始めた。

さすがにこの状況で放置するわけにも行かず、必死に宥める。

「落ち着いてください！　きちんと話せば許してくれるかもしれません」

「気休めはよしてくれ、もう終わりだ死にたい！　だがもしアルが私を本当に好きなら……そんなことが、本当にあると思うか……？」

絶望と希望の狭間を行き来する様子に気圧されながら、慎重に言葉を探る。

「まず、陛下と話したほうがいいと思います。これまでの態度には、理由があったことを説明しないと、ずっと誤解されたままになってしまいます……」

ユリウスは真剣な表情でしばらく考え込んだ後、顔を上げて僕を見た。

「私の無様で愚かな行いを、アルは許してくれるだろうか……？」

「わからないけど、打ち明けないときっと後悔します。僕はもうノアに何も言えないけど……ユリウス様はまだ間に合うはずです」

励ましながら自分の状況を省みて俯くと、ユリウスは同情したのだろう。

「そう言えば、まだ君の話をきちんと聞いていなかったな……何があったのか、教えてくれないか？」

ユリウスは初めて真摯な態度になった。僕の罪をこの人だけは知っている。妙な気はしたけれど、僕も誰かに話を聞いてほしかったのかもしれない。

事情を説明すると、落ち着きを取り戻したユリウスは、怪訝そうな表情を浮かべた。

「つまり、あいつは最初から君を愛人にするつもりだったということか？　いつのまに不埒な貴族の考えに染まったんだか……私には理解できないな」

そういって頭を振る様子は、心底ノアを軽蔑しているように見えた。

「元々、近く屋敷を出るつもりだったので、駅で別れを告げてきたのですが……」

「なるほど、それで私の車に飛び乗ったというわけか。なかなかいい判断だ。けれどノアがこのまま引き下がるとは思えない。あいつは昔から執着心が異常だ。どんな手を使っても君を連れ戻そうとするだろう。拒否したいなら、何か先手を打つべきだな」

「先手……ですか？」

「簡単なことさ。ノアが手出しできない場所で匿ってもらうとか、奴より高い身分の後ろ盾があればいい。……そうだ。いいことを思いついたぞ。君、ジャニア帝国の宮殿で働く気はないか？」

言いながら机に向かい、紙にペンを走らせる。

「ジャニアの皇帝陛下はソレイユの文化に興味を持っていて、幼い皇子たちのために、ソレイユ出身の家庭教師を雇いたいらしい。君なら教養もあるし、大学院にいたなら、子供の勉強くらい見れるだろう？　心機一転、新天地でやり直すのもいいんじゃないか？」

そしてさらりと書き上げた用紙に判を押し、僕に差し出した。

「君にはちょっと悪いことをしたからね……せめてものお詫びに推薦状を出そう。即席だがソレイユ宰相である私のサインと、王国印を押した正式な書面だ。ジャニアの宮殿に入ってしまえば、ノアも簡単に連れ戻したりできないはずさ」

僕は紙面を食い入るように眺めた。確かに新しい就職先が外国の宮殿なら、ノアの追撃から逃れることができる。それにユリウスの言う通り、新天地での生活は、今の僕には魅力的に思えた。

忙しい日々はノアを忘れさせてくれるだろう。その希望に縋り、僕は迷いを振り切るように、素早くサインを書き込んだ。

その時、外から車のブレーキ音が聞こえた。続けて何かがぶつかる音に、思わず窓辺に立つと、正門の前に乱暴に横付けされた一台の車が目に止まった。

磨き抜かれた濃紺のリムジン、それは間違いなくヴィラール家の車だ。

まさかと疑っているうちに、屋敷の中が騒がしくなる。使用人たちが必死に押し止める声、制止を振り切り、この部屋に近づいてくる足音……。

憤りも露わに迫り来るノアの姿が脳裏に浮かび、今すぐ逃げるべきか迷った。

「随分早い迎えだな。もしかして見張りでも付けられているんじゃないのか？　あいつなら、上手いことを言って軍の部隊を私用に使っていてもおかしくない」

そんなバカなと思ったけれど、サンメリアンで逃げた時も、ノアは入り組んだ旧市街の路地や人混みを、一切迷わずに追いかけてきた。街のあちこちに人員が配備されていたのなら、確かに辻褄は合うけれど……。

「ここで決着をつけるべきだ。乗りかかった舟だし、私も加勢してあげよう」

ユリウスは好戦的な表情を浮かべて、ゆっくりと足を組み替えた。

すると次の瞬間、弾け飛ぶような勢いで扉が開いた。

「扉の開け方もわからない野蛮人め。せめてノックの仕方ぐらい覚えたらどうだ？」

ユリウスが文句を言うと、扉の向こうから姿を現したノアが迷わず僕に向かってくる。

最初から、僕がいることを確信していたのだろう。

「シオン、迎えに来た。帰るぞ」

手を差し出し、低い声で促す。それは今すぐこの手を取れという脅しだ。苛立ちを隠しもせず、圧力で屈服させようとしている。出会った頃の僕なら震え上がっていただろう。

だけど今は違う。

「帰る理由がありません。お引き取りを」

「理由はある。おまえは俺のそばにいると約束した。一度口にしたことを簡単に覆すな」

ノアは強引に僕の腕を掴む。骨が軋むほどの痛みに顔を顰めたが、ノアは構わず僕を外に連れ出そうとした。

「屋敷に連れ戻されても、すぐに出て行きます！」

「残念だが、おまえがどこに行こうとも俺にはわかる、逃げても無駄だ」

「見張りをつけているからですか？」

問いかけにノアは目を逸らした。本当にそんなことのために軍を使ったのかと呆れたが、気持ちを奮い立たせて、はっきりと宣言する。

「ですが、新しい就職先には部外者は入れないので、その手はもう使えないと思います」

僕はノアに、先ほどもらった書面を突きつけた。

既に自分の名前も書き込んである。

ノアはそれを奪い、食い入るように眺めると、ユリウスを睨みつけた。

「おい、おまえがこれを書いたってことは、俺がジャニアに軍を引き連れて乗り込んで、シオンを奪い返したとしても文句は言わせないからな？」

本気でやりかねない気迫に、ユリウスがたじろぐ。

そしてノアは改めて僕に向き直り、憤りをぶつけた。

「おまえもなぜこんなものを受け入れた。俺のプロポーズはことごとくうやむやにして、しまいには勝手に出ていくだと？　どれだけ俺を弄ぶ気だ……！」

不服そうに問われ、聞き覚えのない言葉に困惑する。

「プロポーズって、なんのことですか」

「出会ってすぐにしただろう。オペラ座で。気づいてなかったようだが」

意味がわからない。ノアは表情をさらに険しくして言い募る。

「だから……！　衣食住、昼寝付きの永久雇用だと言っただろう、あれがプロポーズじゃなきゃなんだと言うんだ」

それは紛れもなくノアが僕に提案した雇用条件だった。冷たい雨に打たれながらオペラ座の屋上で、彼は確かに言った。

「まさか、そんな、プロポーズだって言うんですか？　あれが？？？」

だとしたら僕の知っているプロポーズとはあまりにも違いすぎる。

「わかるわけがない！　あの状況であんな言い方をするから、人材勧誘だとばかり……」

「だったらその後もう一度、屋敷のテラスで指輪を渡しながら言ったあれはどうなる？あれがプロポーズじゃなければ一体なんなんだ！」

確かに、あの時は少しだけプロポーズみたいだなと思った。だけど。

「愛しているとか、好きだとか、一度も言われたことがないんですが……？」

「態度で示していただろう。好きでもないやつに毎日あれほどキスするわけがない、俺をなんだと思っている」

盛大な見解の相違が判明し、僕たちは驚愕の面持ちで顔を見合わせた。

だとしたら、僕が嫉妬していた相手は自分自身で、呑気に身につけていたのは婚約指輪ということになる。

状況が理解しきれずに立ち尽くしていると、ノアは深くため息をついた。

「そもそもよくわからないんだが。どこから愛人なんて発想が出たんだ？」

「…………え？」

ぱちぱちと瞬くと、ノアは最大級に不満げな表情で僕を見下ろす。

「俺にはおまえしかいないんだが？　生涯シオン・エルメール以外の伴侶を得るつもりはない。俺なりに誠心誠意告白したプロポーズは、おまえに唯一無二の伴侶になって欲しいという意味だ。それが通じていないのは、おまえが『かなり』鈍いせいだとあきらめていたが……愛人だと？　なぜそこまで複雑怪奇な思い違いをしたのか説明しろ」

「なぜって……舞踏会の時、好きな人がいるって……」

「あれはどう考えてもおまえのことだろ！」

その言葉に思わず「は？」と素っ頓狂な声が出た。

そんなわけがない。ノアが言った特徴は、真面目で色恋沙汰に疎くて、時々意固地になって無理をしたり暴走する人物。おまけに求婚されても気づかないほど鈍感な人……。

……僕だ。と気づいて思わず呻いた。

自分の勘違いがひどすぎて震える。顔が燃えるように熱くなる。そんな僕をノアは無理やり引き寄せた。

「わかったなら、しのごの言わずに俺と結婚しろ」

情緒も何もない求婚に追い討ちをかけられ、僕の体が誤作動を起こした。

抱きしめられかけて、咄嗟にノアを突き飛ばす。ノアは踏みとどまり、しびれを切らしたように着ているジャケットを脱いだ。

「返事はいらない。ただし、これから俺がやることに文句も言わせないからな……！」

次の瞬間、ノアは僕の体にぐるりとジャケットを巻きつけた。

抵抗も虚しくがんじがらめにされた挙句、袖を固く胸の前で結ばれてしまう。捕縛は強固で、簡単には緩みそうにない。

「一体なにを……外してください！」

ノアは僕を一瞥し、背を向けた。そして例の書類に勢いよくペンを走らせると、ユリウスの顔先に突きつける。

「おい、この書類を今すぐ承認しろ」

紙面を見て、ユリウスは「はぁ？」と眉を寄せた。

拘束されたとはいえ移動はできる。不穏な気配にいてもたってもいられず、ユリウスの背後から紙面を覗き込むと「推薦状」の文字は斜線で消され、堂々と「結婚証明書」と書き直されていた。

本文も都合よく修正され、僕のサインの隣には「配偶者」と銘打って「ノア・ヴィラール」と自分の名前を書きつけてある。

ごり押し過ぎる結婚証明書に唖然としていると、ユリウスが呆れたように鼻で笑った。

「承認だって？　よくもまぁ言えたものだ。強引すぎて笑うしかない。それになぜおまえに協力してやらなければならないいんだ？　私が今までどれだけ苦しんだか分かるか？　おまえとアルの関係を邪推し、傷つき疲れた私の心を少しは想像してみろ！」

するとノアは、その訴えを真摯に受け止めるように頷いた。

「確かに、その点に関しては俺も間抜けだった。おまえのアプローチが絶望的に下手すぎて、長い間、全く微塵も、おまえの気持ちに気づいてやれなかったわけだからな」

「……この後に及んでなぜ貶めるような発言を？　まさかそれが謝罪のつもりか？」

怒りに震えるユリウスに、ノアは臆面もなく言葉を続ける。

「なので今までの謝罪の意を込めて、俺が責任を持ってアルフォンスとおまえの仲を取り持つ。これまでの誤解を解き、互いに歩み寄れるよう全面的に協力する。俺の説明を交えたほうが、おまえの奇行が愛情の裏返しだったと、アルフォンスも理解しやすいはずだ。そうなれば二人は晴れて恋人同士となり、あとは仲睦まじく過ごせばいい。とはいえ、この証書を承認してくれたらの話だが」

「ふざけるな。私がそんな誘惑に乗る、わけが……恋人同士だって？　本当に？」

「俺に二言はない」

ユリウスは真顔でノアと書類を交互に眺めていたが、次の瞬間、光の速度で裏切った。

「ソレイユ王家の名の下に、ここに二人の婚姻を承認する！」

その一言で、僕はノアと結婚してしまった。

あまりの事態に立ち尽くしていると、ユリウスは苦悩も露わに眉間を押さえた。

「シオンすまない。私はただの愛の奴隷だ。この取引にはどうしても抗えなかった……」

言い訳もすごいが寝返り方もすごい。僕が言葉を失っていると、ノアは証書をスラックスのポケットにしまいこみ、問答無用で僕を担ぎ上げた。そしてユリウスを振り返る。

「アルフォンスは明後日には戻るはずだ。その時、三人で話す場を設けよう」

ノアは手短に言い、暴れる僕を物ともせずにユリウスの屋敷から運び出した。

見慣れた車の後部座席に押し込まれると、すぐさま車が動き出す。

拘束を解こうと踠く僕を、ノアはただじっと見つめた。気詰まりな雰囲気に飲まれ、足掻くのをやめるが、痛いほどの沈黙に俯くしか術がない。するとノアが掠れた声で訊ねた。

「……俺と初めて会った時のことを覚えているか？」

顔を上げると、ノアは真剣な表情で続ける。

「不慮の事故のようなキスをした。あんなもの、ただぶつかっただけなのに、おまえは顔を真っ赤にして狼狽えていた……」

当然覚えている。あの失態は簡単に忘れられるわけがない。

何が言いたいのかと身構えていると、ノアは視線を彷徨わせ、ぎこちなく口を開いた。

「あの時、おまえがあまりにも可愛くてびっくりした。一目惚れだった」

「ひと……めぼれ？」

予想もしていなかった言葉を反芻すると、ノアは目元を赤くしながら拳を握りしめる。

「だから話がしたくて追いかけた。聞けばあまり良くない環境にいるようだったから、それなら俺が養うから嫁に来いと、そのつもりで永久雇用と言った。昔母から聞いた、父への求婚の返事が印象に残っていて同じ言い方をしたが、確かに一般的ではない言い回しだったと思う」

そういえばリュカ様も、ノアの言い方が奥様にそっくりだと笑っていた。

「勢いまかせの求婚で、おまえも戸惑ったはずだ。それでも俺のところに来る決断をしてくれたことが嬉しくて、我を忘れた。時間をかけて互いを知っていけばいいと思っていたが、突然執事をやると言い出して、無理をするなと言ったつもりが、言葉や態度を間違えて追い詰めてしまった……大切にしたいのにうまくできない。だから多少強引なやり方でもいいから、親しくなりたかった。確かに、騙すような真似をしたのは認めるが、どうしてもおまえに心を許して欲しかった」

ノアの告白が、固く絡まった疑念の糸を解いていく。

仲良くなろうという提案、指輪へのキス、恋人のふりをして訪れたサンメリアンの旅。

全てはただ、僕との距離を縮めるためだった。ノアは常にひたむきな愛情をもって僕に接してくれていた。そう感じたことは間違いではなかったと知って、心が温かくなる。

「シオンがそばにいると言ってくれた時、胸が震えた。あれほど嬉しい言葉をもらったのは初めてだった。それに比べて俺は、いつも肝心なことを言葉にしなかった。王宮の庭で話したのは、間違いなくシオンのことだ。嘘偽りなく俺のおまえに対する気持ちだ」

ノアは真剣な眼差しで僕を見つめると、息を整えて言った。

「シオン、俺は最初からおまえだけを愛している。死が二人を分かつその時まで、唯一の伴侶として俺の隣にいてほしい」

ノアは、とてつもなく真っ直ぐな言葉で僕の心を打った。嬉しくて、泣き出してしまいそうになる。

この人が愛しい。ずっと一緒にいたい。必死に押し込めようとしていた感情が、堰を切ったように溢れ出す。

「ノアが怪我をした原因は……僕なんです。僕が、ノアの部屋で見つけた写真を、ユリウス様に送ってしまったから……」

ノアの左腕には、あの時の傷が痛々しく残っている。これから先も完全に消えることはないだろう。

「なぜそんなことをした？」

理由を聞けば、僕に嫌気が差すかもしれない。許してくれたとしても遺恨が残るだろう。

それが怖くて言えずにいた。だけど本当はもっと早く、誠心誠意謝らなければいけなかったことだ。

「……ノアが、他の人に膝枕をしてもらっている写真を見て、嫉妬しました」

口にしながら、なんて馬鹿なことをしたのだろうと、改めて後悔が押し寄せる。

「そもそも僕は、ユリウス様の命令でノアの身辺を探っていたんです。執事になったのだって下心があったからです。僕はずっとノアを騙していた……！」

罪悪感に押しつぶされそうになりながら、真実を打ち明ける。自分のしたことが情けなくて顔を上げることができず、ただ謝罪の言葉が口をついた。

「ごめんなさい……本当にごめんなさい。優しくしてくれたのに、裏切っていたんです。卑怯なことをしたのにそばにいたいだなんて、身勝手なことを考えていました。だから、ノアにふさわしい人がいるなら、その人にこの場所を譲らなきゃと思った。だけど……！」

「シオン」

緊張を滲ませるノアの声に、僕は恐れを振り切って顔を上げた。

「どうしても考えてしまうんです……！　ノアと一緒にいたい。誰にもあなたの隣を譲りたくない。僕が一番近くでノアを支えたいって……！」

ノアを真っ直ぐ見つめながら、僕は心からの愛しさを告げた。

「愛しています、ノア。許されるなら、僕もあなたのそばにいたい……！」

ノアは震えるように唇を引き結び、今にでも泣き出しそうな顔で、僕を強く抱きしめた。

僕も思い切りノアに抱きつきたかった。けれどジャケットの拘束のせいでできない。そんな僕にノアは、嵐のようにキスを降らせる。

「許すも何も、怒ってなんかいない。それに、俺がおまえ以外と結婚するわけないだろう、なんて馬鹿な勘違いをしているんだ！」

額や瞼、頬、顔中にキスを受けて、辛抱ができなくなった。

「ノア、僕も触りたい……！」

訴えるとノアは手早くジャケットを取り払う。自由になった腕を伸ばして抱きつく前に、ノアは僕を体ごと持ち上げて膝の上に抱え上げた。

互いの距離が隙間なく埋まる。それが嬉しくて笑みが溢れた。ノアを思う存分愛していいのだと思うだけで、胸がいっぱいになる。

「シオン」

愛しげに名前を呼ばれ、求められるまま何度も口付ける。嬉しくて幸せで、ノアに夢中になっていたが、ふいに胸元や腰回りに肌寒さを感じた。続けてノアの指先が直接素肌に触れる感触がして困惑する。

「んっ……うん？」

キスの合間に状況を確認すると、服が半分以上脱がされている。

前にもこんなことがあった。いつのまに、と上げようとした声はキスで塞がれる。しかもノアは手を止めず、ベルトを引き抜き、続けてスラックスも引き下げようとする。

——車の中で一体どこまで……！

動揺しつつ、いっそ身を任せるべきなのかと目を閉じたその時。

車が停車し、無情にもドアが開いた。

「おや。これは失礼いたしました。十分後に出直してまいります」

ロベールさんは手短に告げると、何事もなかったかのようにドアを閉めた。

見られた……！　衝撃に固まっていると、ノアは僕を抱きかかえたまま「どう思う？」と訊ねた。

「十分でどうにかできそうか？」

「じゅっ、十分、ですか……？」

頑張ればできなくはないのかもしれない。だがとんでもなく性急な対応が求められる。それでもノアが挑むと言うなら……と頷き、かろうじて留まっていたシャツのボタンを外す……するとノアは驚きに目を瞠りながら僕の手を掴み、引き止めた。

「ちがう。気持ちを落ちつけて、何食わぬ顔で出ていけるかと言う意味だ！」

「そ……それは、失礼しました……！」

盛大な勘違いに激しく狼狽えていると、ノアは可笑しくて堪らないといった様子で肩を震わせながら、ボタンを留め直してくれた。

「おまえを抱くのに十分なんて短すぎる。いくら時間があっても足りないくらいだ」

そして襟まで丁寧に整えると、じゃれるように何度も鼻先にキスをする。僕は幸せなむず痒さを噛み締めながら、思い切りノアに抱きついた。


それからきっちり十分後、互いの衣服や髪の乱れを確認し合いながら屋敷に戻ると、ノアは揃って待ち構えていた面々に、僕たちの結婚を報告した。

それを聞いたファムとルゼットとロベールさんはクラッカーを鳴らし、リュカ様に至っては涙を浮かべて喜んでくれた。

「おめでとうシオンくん、一時はどうなることかと思ったけど、ふつつかな息子をよろしくね！　それと私のことは遠慮なく、お義父さんと呼んでほしいのだけれど！」

「改めてよろしくお願いします。お義父さん」

緊張しながら呼ぶと、リュカ様はとうとう泣き出してしまった。その腕に抱えられたアニエスも上機嫌で喉を鳴らして、僕らを祝福してくれた。

「みんな、今日は無礼講だ！　とっておきのワインで乾杯しよう！」

リュカ様の一声で即席の宴が始まり、美味しいお酒と、歓談と、蓄音機から流れる陽気な音楽を楽しんだ。

ノアは言葉少なに僕の隣でグラスを傾けていたが、みんなが思い思いに過ごし始めた頃合いを見計らい、さりげなく僕を連れて室外へ離脱する。

「疲れただろう。こっちは任せて部屋に戻れ。俺も適当に切り上げる」

確かに人心地ついたせいか疲れを感じ始めていた。気遣ってくれたことが嬉しくて素直に頷くと、ノアは僕の髪を撫でて、名残惜しそうに送り出す。

そんな仕草ひとつとっても、まだ夢を見ているような気がした。

部屋に戻っても現実味のない多幸感が持続していて、バスタブに湯を張り、体を沈めても、結婚したという実感が湧かない。

なので風呂から上がり寝巻きに着替えてから、試しにカレンダーに丸をつけてみた。

それでようやく少しだけ実感が湧いたが、部屋の明かりを消してベッドに潜り込んだところで「つまり、今夜は初夜なのでは?」と新たな事実に気づく。

その途端、部屋の中に一人きりでいるのが無性に寂しくなってしまった。

こういう時、僕からノアの部屋に出向いていいのだろうか。もしかしたら寝室は別々派かもしれない。はしたないと思うだろうか……でも、やっぱりそばにいたい。

散々悩んだ末に起き上がり、寝間着のままそっと部屋の扉を開けた。するとほぼ同じタイミングで、向かいの部屋の扉が開き、廊下を挟んでノアと鉢合わせる。

ノアはシャワーを浴びた直後なのか、シャツとスラックス姿で、髪がまだ濡れている。

そして僕を見るなり、訝しそうに眉を寄せた。

「こんな時間にそんな格好で、一体どこに行くつもりだ？」

僕は思い切って訊ねる。

「あの……今夜はノアの部屋で、一緒に寝てもいいですか？」

するとノアはすかさず僕の手をぎゅっと握りしめる。

「あたりまえだ。今まさに、迎えに行くところだった！」

「……よかった」

ほっとして笑うと、ノアは「くっ……」と呻きながら、部屋の中に引き入れる。

そしてぴたりと隙間なく抱きしめてくれたのが嬉しくて、僕もしっかりと背中に腕を回した。ノアの鼓動に耳を押し当てていると、彼は僕のうなじに鼻先を埋める。

「どうしておまえはいつもいい匂いがするんだ……俺を誘惑しているとしか思えない」

ノアに香りが好きだと言われて以来、なんとなく入浴剤を使い続けている。僕の中に好かれたいという気持ちがあったなら、確かにそういうことなのだろう。

「誘惑……したかったのかもしれません」

気恥ずかしさを押し殺して認めると、ノアは「なるほど」と言うが早いか、ベッドになだれ込んだ。

身につけていた寝間着があっという間に剥ぎ取られ、ノア自身も、まどろっこしいとばかりに全て脱ぎ去る。

気づいた時には、互いに一糸まとわぬ姿で、ノアに組み敷かれていた。

「いいんだな？　覚悟しろよ」

もちろんそのつもりで来た。けれどこうも雄々しく迫られると、心臓がおかしくなりそうなほど早鐘を打ち始める。

不意に激しい緊張に襲われた。部屋が煌々と明るいのもいけない。昨夜はもう少し暗かったし、媚薬のせいでそれどころではなかった。

けれど今は……改めてノアの体に目を向けて呻く。

まともな思考と、明るい照明の下で見るノアの体は、ものすごく扇情的だった。

逞しい腕、鍛えられた胸や腹、そして既に屹立した状態の性器を見て、どっと汗をかく。

落ち着くために固く目を瞑る僕を、不思議に思ったのだろう。

「シオン、どうした？」

至近距離で名前を呼ばれただけで、心臓が握りしめられるような感覚に陥る。

「い、いえ。ちょっと緊張して、落ち着こうとしているだけなので……！」

「今更何を言っている。昨日はあんなに積極的だっただろうが」

「そ、そう、なんですが……昨日と今日では、色々と事情が違うと言うか……！」

自分で乗り込んだくせに情けない。ノアも呆れてしまうかもしれない。

「すみません。すぐに持ち直すので、ちょっとだけ、待って……！」

手で顔を覆いながら訴える。するとノアは小さく息をつきながら、ベッドを下りてしまう。やはり呆れられたと後悔した時、部屋の明かりが消えた。

続けてベッドサイドのオイルランプが灯る。柔らかい明かりの中に、ノアの姿が浮かび上がると、ゆっくりと僕の腕を引いて起き上がらせた。

「無理しなくていい」

ノアは丁寧に寝間着を着せてくれた。ボタンを留め、「いきなりすぎた。これで少しは落ち着いたか？」と訊ねる。

確かに素肌が布で覆われると落ち着く。だけど何もしたくないわけじゃない。

「ノア……」

なんと切り出せばいいか迷っていると、ノアは頷く。

「よし……じゃあ、もう一度最初からな」

そう言うと、優しく口付けた。温もりが伝わり、甘く下唇を食まれて、心臓が跳ねる。

陶然と息を吐くと、ノアは僕の手を取り、指先から手のひら、手首と順々にキスを落としていく。

愛を乞うような口付けに、緊張が解けた。代わりに別のものが体の内側から僕を支配し始める。ノアは昨夜もこうやって、僕に欲情の炎を灯したのだ。

「シオン、愛している。おまえを抱きたい」

熱い眼差しで求められて胸が震えた。頷くと、ノアは口元に笑みを浮かべて、今度は焦らしながら寝間着のボタンを外していく。時間をかけて露わになった素肌にノアの手が触れると、甘美な期待に背筋が震えた。ノアはそれを目ざとく見抜いて、僕の背骨を熱い指先で辿る。

体が勝手にノアを求めて動いた。昨夜もこの熱い素肌に縋り付きながら、激しく交わった。左胸から脇腹へ続く傷痕も、快楽の狭間でなぞったものだ。そして僕のせいで負った腕の傷に触れたとき、ノアは小さく身じろいだ。

「ごめんなさい、痛いですか？」

焦って訊ねると、ノアは震えるように息を吐く。

「いいや。くすぐったい。というか……おまえに触られると、気持ちがいい」

気恥ずかしそうに言われて、どうしようもなくこそばゆい気持ちになる。

「……僕もノアに触られるの、すごく好きです」

琥珀色の瞳を見つめながら告げると、ノアの目元がさっと赤く染まる。

本当に、なんて可愛い人だろう。ノアが好きだ。ずっと一緒にいたい。

愛しい気持ちが溢れて微笑むと、再びベッドに押し倒される。

ノアは僕をうつ伏せにすると、うなじや肩甲骨の皮膚を唇で吸い上げながら、かろうじ

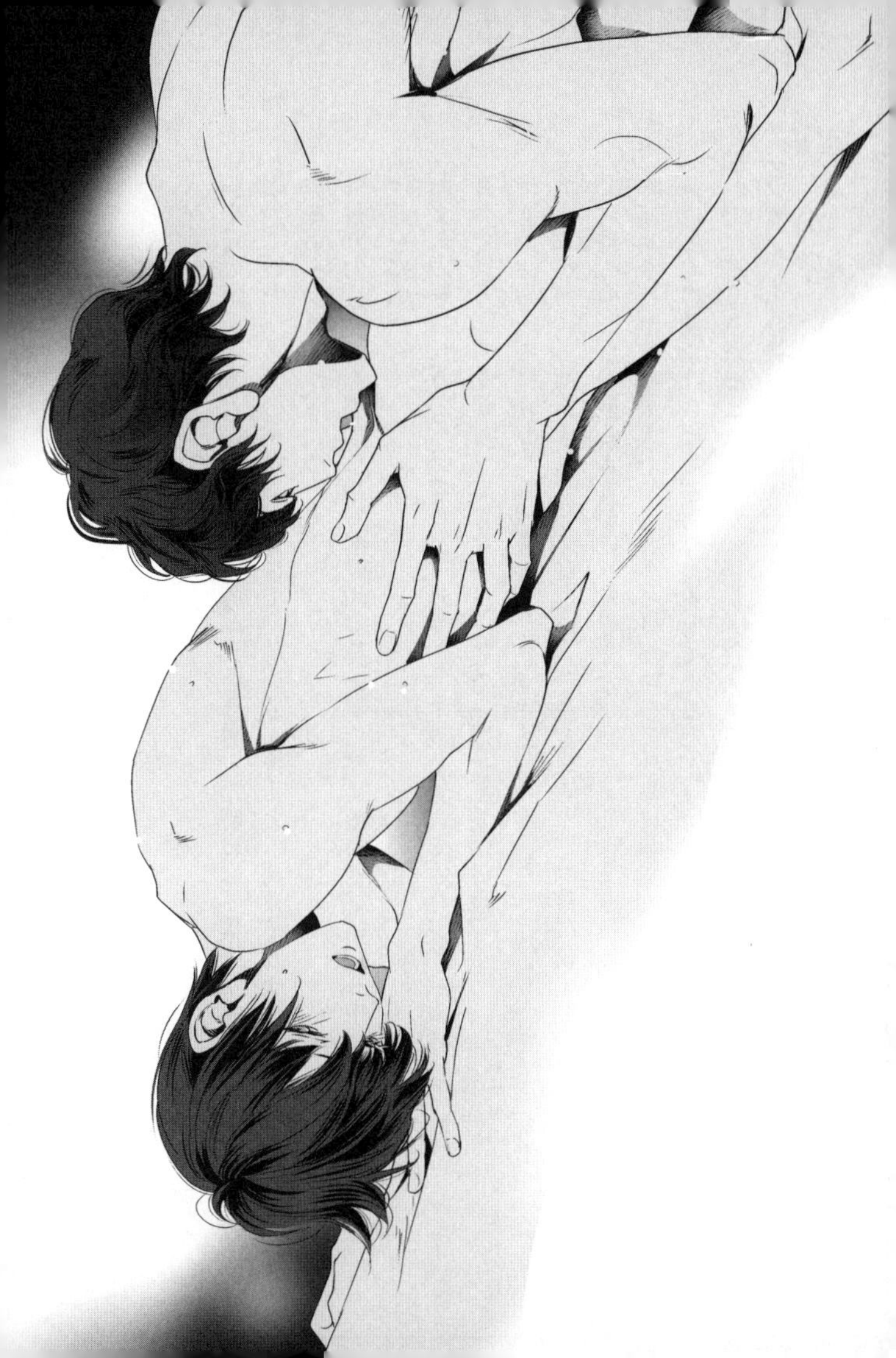

て腰のあたりにまとわりついていた寝間着を、邪魔だとばかりに引き剥がす。

そして腿の裏から手を滑らせて、尻を鷲掴んだ。

「ノアぁっ……あぁっ！」

肌を吸い上げるもどかしい感覚が腰へたどり着いた時には、僕の下半身は完全に硬く反り返っていた。ノアの手が前に伸びて、熱い芯を擦ると、蕩けてしまいそうになる。

「っあぁ……そこっ、だめ……！」

快楽を少しでも逃がしたくて本能的に腰を引く。するとノアは、背中から覆いかぶさり逃げ道を塞いだ。

「おまえに触られるのも好きだが、おまえにずっと触れていたい」

耳元で低く囁きながら、無骨な指先で芯の先端を可愛がる。

「ノアっ……そこばかり、触っちゃ……あぁ……！」

訴えるが、ノアは聞き入れてくれない。それどころか、的確に僕の弱いところを責めるので、目の前に星が散るような錯覚を覚えた。

昨夜開かれた体は、火がつくとあっけないほど簡単に果ててしまう。

勢いよく白濁を吐き出し、肩で息をしていると、ノアは精液で濡れた指先で僕の後孔に触れた。そうされると長い指がいつ奥へ侵入するのか期待して、窄まりが疼く。

「シオン、力を抜け」

余裕のない声で乞われた。振り返るとノアの熱い剛直が、僕を求めて押し当てられる。誘うように自ら腰を浮かせると、ノアは興奮を露わに僕の中に侵入する……。

あとはもうどこまでも甘く、どろどろに溶け合い、結局その日は意識を失いかけながら、二人で朝日を拝むことになった。

ユリウスが承認した結婚証明書により、僕は晴れてシオン・エルメール・ヴィラールになった。

エルメールの姓を残したのは、ノアがこの響きを気に入っていて、消すのが惜しいと言ってくれたからだ。

伯爵の伴侶になったことで、責任や役目は少し変わったけれど、これからも執事としてノアを支えていくつもりでいる。

なぜなら彼の日常は相変わらず忙しい。春が終わり、太陽が夏の輝きを放つようになってからというもの、ノアは王宮に呼び出される回数が増えた。

アルフォンス陛下を守るための仕事は、ユリウスが加勢したことにより前ほど多忙ではなくなったが、陛下とユリウスの私的な相談役として頼られることが多くなったのだ。

ユリウスと陛下は、あれからすぐに恋人としての関係を育み始めた。

二人は元々両片思いをこじらせていただけなので、ノアが取り持つまでもなく、互いの気持ちを確かめ合うに至ったらしい。

陛下はそれを素直に喜んでいて、時折顔を合わせると嬉しそうに話してくれる。しかしユリウスは、夢見ていたことが突然叶った現実に未だ対応しきれず、同時に陛下のことが好きすぎて、過剰な反応を返しては、激しい自己嫌悪に陥っているらしい。

二人の関係もさることながら、このままでは国が乱れると陛下から相談を受けたノアは「面倒なやつだ」と言いつつ、ユリウスの世話を焼いている。

「もはや介護の域だ」などと悪態をついているけれど、その甲斐あってソレイユの法改革は、大詰めに向けて滞りなく進んでいた。

反対派の貴族たちが一掃され、ノアが以前よりも危険な状況に陥らずに済むようになったのも、味方についたユリウスの政治的手腕のおかげだ。

相変わらず喧嘩は多いが、二人は互いの足りない部分をうまく補い合いながら、アルフォンス陛下を守っている。

ノアもわだかまりが解けてまんざらでもなさそうだ。楽しそうな姿を見られることが、僕は何よりも嬉しかった。

あまりにも平穏な日々が続いていたので、その日、朝から屋敷全体が騒がしいことを不思議に思った。特に予定はないはずなのに、外から忙しなく車が行き交う音がする。

様子を見に行こうとベッドの上で上体を起こした途端、隣で寝ていたノアに抱きつかれて、元の位置に引き戻された。

「今日は休みだぞ……まだ寝てろ。どこにもいくな」

まどろみの残る声で諭される。ノアが休みということは僕も休みだが、何が起きているのかくらいは、把握しておかなければならない。

「外の様子を見てこようと思っただけです。ノアはまだ寝ていてください」

するとノアは大きな体をのそりと起こし、僕の上掛けや枕をきちんと整えた。

「俺が見てくるから、そこから動くなよ」

いいな、と念を押し、僕の額に優しくキスをした。

結婚して以来、左手の薬指どころじゃなく、色々な場所にキスをされるようになった。愛情が込められたスキンシップは、慣れるどころかされる度にドキドキしてしまう。

こそばゆい幸せに浸りながらベッドに突っ伏していると、いつの間に入り込んだのか、アニエスが身軽に枕元に飛び乗り「ニャア」と鳴いた。

「アニエス、おはよう」

柔らかな毛並みを堪能させてもらおうと手を伸ばしたが、今日はいつもより毛づくろいが完璧だった。頭には小さなシルクハットの飾りがついていて、首輪もロイヤルブルーのリボンという豪華な装いをしている。

「アニエス、どこかにでかけるの？　それとも何かのお祝いかな……？」

祝事の予定なんてあっただろうか。記憶を辿るが、思い当たる節はない。

不思議に思っていると、ノアがトレイに二人分の朝食を載せて戻ってきた。

「業者が裏で作業をしているだけだった。それより腹が減っただろう、一緒に食べよう」

ベッドに戻り、今度は鼻先にキスをした。しかも一度では終わらない。じゃれる仕草に笑いが溢れる。至れり尽くせりの休日の始まりに、僕の心は満たされていた。

朝食を終えると、ノアは少し変わった提案をした。

「実は、おまえにどうしても着てほしい服があるんだが……」

特に断る理由もない。頷くと、洋服は既に僕の部屋に用意してあると言う。

向かうと、自室のベッドの上に、一揃いの衣装が置かれていた。

淡い色合いのシルバーグレーのフロックコートとトラウザーズ。ベストとネクタイはそれよりも濃いグレー。完璧な組み合わせの衣装は、一目で見事なものだとわかる。

急遽、正装して出かける予定ができたのかもしれない。

そう思いながら着替えを終えると、いつかのようにファムとルゼットがやってきて、僕の髪や服を、あっという間に整えてくれた。

完成すると二人は手を取り合って喜びながら、僕を部屋の外に促す。舞踏会の時とよく似た状況だ。ただし今日は二人の装いも、いつもより華やいでいる。

「あの、これは一体……」

疑問は、部屋の外で待っていたノアの姿を見て、解決した。

「準備できたか？」

僕を出迎えるノアもまた、フロックコートとトラウザーズを身につけていた。

色は黒でベストとネクタイはシルバーグレー。舞踏会やサンメリアンの時と同じく、並んで立つと対に見える色合いとデザイン……。

「お揃いですね？」

これは確実に狙っている。しかも髪まできちんと整えた完璧な装いは、舞踏会の時を超えるかもしれないくらい男前だった。

ノアは何も言わずに微笑むと、僕の手を取り階段を下りる。

屋敷の外に出た途端、なんとなく嬉しいことが起こりそうな予感がした。

ノアが向かう先には裏庭がある。腕を引かれるままそこにたどり着くと、視界に飛び込んできた光景に、思わず言葉を失う。

僕たちが手塩にかけた庭は順調に植物を育み、少し前から花が開き始めていた。

連日の暖かな日差しに誘われて、今や一面見事に花が咲き乱れている。

その様子はノアが言った通り、様々な絵の具を撒いたように色鮮やかで、見るものを圧倒する原生の美しさを見せている。

それだけでも素晴らしい眺めだというのに、庭の中央に、昨日まではなかったはずの赤い絨毯の道が真っ直ぐ敷かれていた。

行き着く先には、白い布と花で覆われたアーチがあり、周囲にはなぜか僕の両親と妹がいて、リュカ様やロベールさんの姿も見える。

さらには、アルフォンス陛下が聖書を抱えてアーチの傍に佇んでおり、その横に立つユリウスと笑顔で言葉を交わしている。

急いで駆けてきたファムとルゼットがアニエスをかかえてその輪に加わると、全員が楽しげに笑う。

……なんて幸せな光景だろう。

立ち尽くしていると、ノアが緊張した声音で「シオン」と僕を呼んだ。そして白い花をあしらった、美しいラペルピンを胸元に付けてくれる。

ノアも同じものを左胸に付けると、これはもう間違いなく、結婚式を行う新郎たちの出で立ちだ。

「式は緑の多い場所で、親しい人に囲まれて挙げたいと言っていただろう。黙ってたのは、驚かせたかっただけで他意はない……怒るなよ」

微かに不安を交えた表情で説明するノアに、僕は喜びも露わに笑ってみせた。

「怒るわけない、すごく素敵で驚いただけです。ありがとう、ノア」

僕の言葉にノアは胸を撫で下ろし、誇らしげに微笑む。

「温室で結婚式の話をした時、幸せそうに話すシオンを見て、どうしてもおまえと式を挙げたくなった」

それで準備を進めてくれていたのかと、胸が熱くなる。

ノアの気持ちが嬉しい。いつだって惜しみない愛情を注いでくれているのがわかる。

だから僕も、最大限の愛を返し続けたい。

「ノア」

手を取り、まっすぐに見上げる。

「これから先何があっても、僕が隣でノアを支え続けるので、頼りにしてくださいね」

どんな時でもそばにいよう。病める時も健やかなる時も、僕は今後、ノアの隣にいるための努力を決して惜しまない。

誓いを込めて彼の左手の薬指にキスをすると、ノアは泣き出しそうな表情で、僕の大好きな、くしゃりとした笑顔を返してくれた。

Fin

■あとがき■

こんにちは。Ａｉｏｎと申します。

「ヴィラン伯爵はこの結婚をあきらめない」を、お手にとってくださってありがとうございます。

このお話は、ネタ出しでぽろっと「執事」と言ってしまったがために、執事とは？　というところから勉強し直した作品です。最初はもう少しシリアスな内容の予定でしたが、コロナが始まり、気づくと世界が未曾有のパンデミックに突入。誰もが経験したことのない不安だらけの日々の中、せめてほんのひと時、楽しんでもらえる物語を書こう。と担当さまとお話しし、ラブコメに舵を切り直しました。

とはいえ、自分の勉強不足を痛感した作品でもあり、関係者様方には沢山のご迷惑をおかけしてしまいました。

特に担当さまには、前回以上にページ数やその他諸々、ありとあらゆるご迷惑をおかけしたのに、最後まで見放さずにいてくれて本当に感謝しかありません。

そして行き詰まっていた時に、颯爽と手を差し伸べてくれた先輩方や妹にも、心より感謝しています。

また、デビュー作の「険悪だった僕たちの、ハネムーンのすべて。」の感想やお手紙、年賀状をいただけたことが、とても強い励みになりました。

このお話は、皆さんの励ましや、知恵をお借りして書き上げることができた作品だと思っています。改めて、本当にありがとうございました。

そして、みずかねりょう先生のシオンとノアを見せていただいた瞬間、あまりのかっこよさに衝撃を受け「書き上げねば！」と、闘志が湧いたことは言うまでもありません。

お忙しい中、素敵な二人を描いてくださって本当にありがとうございます！

シオンとノアの盛大な行き違いは、読者様から見るとツッコミどころ満載かと思いますが、ヴィラール家のみんなと一緒に、温かく見守ってくだされば嬉しいです。

そしてユリウス様ですが、彼はこの話を最後まで書き切らせてくれた立役者の一人です。この先、彼にも幸せな未来が待っているはずなので、どうか頑張ってほしいです。

ようやく明るい兆しが見えてきたけれど、まだまだ考え込むことも多い日々の中、この本を読んで、少しでも明るい気持ちになってもらえたら幸いです。

それでは、またどこかでお会いできるよう頑張りますので、どうぞよろしくお願いします。

Ａｉｏｎ

初出
「ヴィランの伯爵はこの結婚をあきらめない」書き下ろし

この本を読んでのご意見、ご感想をお寄せ下さい。
作者への手紙もお待ちしております。

あて先
〒171-0014東京都豊島区池袋2-41-6
第一シャンボールビル 7階
(株)心交社 ショコラ編集部

ヴィラン伯爵はこの結婚をあきらめない

2022年7月20日 第1刷

著 者:Aion
発行者:林 高弘
発行所:株式会社 心交社
〒171-0014 東京都豊島区池袋2-41-6
第一シャンボールビル 7階
(編集)03-3980-6337 (営業)03-3959-6169
http://www.chocolat_novels.com/
印刷所:図書印刷 株式会社

険悪だった僕たちの、ハネムーンのすべて。

(かわいすぎて反則だろ)→
←(僕のこと嫌ってるよね?)

伯父の命令で男と見合いさせられた秋人。幸い相手の樹にも結婚する気はなく破談になるはずが、二週間後、秋人は樹に勝手に籍を入れられていた。婚姻無効を申し立てる秋人に、〈結婚する必要〉があるらしい樹は爽やかな好青年の仮面を捨て激怒。「ハネムーンが終われば別れてやる」という謎の条件で秋人をスペインに連行した。横暴な男だと思っていたのに、トラブルのたび自分を救ってくれる樹に秋人は次第に惹かれるが——。

Aion
イラスト・北沢きょう

おおかみ皇子は王太子に二度愛される

はなのみやこ
イラスト・北沢きょう

もう二度と君を失いたくない

獣人の国・扶桑の皇子で医師でもある桜弥は、両国の友好のため大国アルシェールに招かれ、留学時代にルームメイトだった王太子ウィリアムと十年ぶりに再会する。かつて恋人だと勘違いしていた時と変わらない、自分が特別だと思わせる彼の優しさに忘れたはずの恋心が疼き苦しさを感じていた。ある日、狼獣人ゆえに嗅覚が鋭い桜弥はウィリアムの甥ルイの病にニオイで気づくが、ウィリアムしか信じてくれず…。

あやかし蝶と消えた初恋

海野幸
イラスト・Ciel

もしもこの想いが
突然“消えて”しまったら？

昆虫が好きすぎて周囲から敬遠されがちな朝陽は、高校の時独りだった自分を救ってくれた国吉にずっと片想いしている。だが彼は天然の人たらしで大学では常に人に囲まれ朝陽は毎日嫉妬するばかり。告白しても「知ってる」と笑顔で返されてしまい、もう諦めるべきかと悩む中、国吉の実家の神社で“人の心を食う”という美しい蝶に出会う。いっそこの気持ちを食べてくれたら…すると本当に虫や国吉への興味が無くなってしまい!?

CHOCOLAT BUNKO

好評発売中！

離婚（わかれ）たあなたは運命の番（ひと）

土下座して頼むなら
つがいになってやってもいい。

鹿嶋アクタ
イラスト・小禄

αの英汰とΩの明臣は元夫婦で、現在は犬猿の仲。今夜もパーティーで鉢合わせした二人は、言い争って子ども達に呆れられている。だが実は、明臣は英汰に復縁を迫られたかった。プライドが高すぎて結婚中も気持ちを伝えられず、子作りという名目でしかセックスできなかったような明臣からは無理だ。モテるのに独り身の英汰も未練があるのでは？と思いたかったが…。鈍感α×意地っぱりΩ＋子ども達の最高のやり直し婚。